레저렉션
Resurrection

레저렉션 3

10000LAB 현대 판타지 소설

초판 1쇄 찍은 날 § 2019년 10월 24일
초판 1쇄 펴낸 날 § 2019년 10월 31일

지은이 § 10000LAB
펴낸이 § 서경석

총괄팀장 § 노종아
편집책임 § 박현성
디자인 § 소소연

펴낸곳 § 도서출판 청어람
등록번호 § 제387-1999-000006호
등록일자 § 1999. 5. 31
어람번호 § 제1-3057호

주소 § 경기도 부천시 부일로 483번길 40 서경B/D 3F (우) 14640
전화 § 032-656-4452 팩스 § 032-656-4453
http://www.chungeoram.com
E-mail § chungeorambook@daum.net

ISBN 979-11-04-92077-6 04810
ISBN 979-11-04-92057-8 (세트)

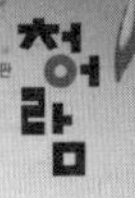

리저렉션 3

Resurrection

10000LAB 현대 판타지 소설

MODERN FANTASTIC STORY

레저렉션

Resurrection

Contents

제1장

수술의 천재

서걱, 서걱!

도수는 메스를 바쁘게 놀리며 간을 고정하고 있는 인대를 모조리 잘라냈다.

삑. 삑. 삑. 삑.

결코 바이털이 좋다고 할 순 없었지만, 그나마 아직은 버틸 만한 수준이었다.

수혈 팩에서 끊임없이 혈액이 흘러 들어가고 있었다.

'침착하자.'

도수는 눈을 부릅뜨며 정신을 가다듬었다. 간성혼수까지

왔었던 간암 4기 환자. 그야말로 언제 어레스트가 나도 이상하지 않다.

하지만 그렇다 하더라도.

절대 무리하면 안 된다. 두 손에 환자 목숨이 달린 의사가 평정심을 잃는 건 환자의 죽음을 재촉하는 짓이나 다름없다.

부드럽고 정교하게.

티끌만큼의 실수도 없이 손을 놀려야 한다.

스으으으윽.

메스가 마지막 인대를 잘라냈다.

"후우."

이제 간문부 쪽 림프절(Lymph Node: 임파선)에 전이된 연부조직(Soft-Tissue: 뼈나 관절을 둘러싸고 있는 연한 부위나 조직. 뼈를 싸고 있는 막, 힘줄 인대 따위를 아우른다)들을 절제해야 한다. 간관, 간동맥, 간문맥에 붙은 조직들을 깨끗하게 박리하는 작업.

도수의 시야 끝에 암이 전이돼 육안으로 보일 정도로 비대해진 림프절이 걸렸다.

동시에 그의 손에 들린 메스가 움직였다.

슥, 스윽.

조직 절제는 도수가 수도 없이 해본 일이었다. 일단 라크리마에서 총이나 폭탄을 맞은 환자들에게는 반드시 손상된 조직을 절제하는 작업이 필요했다. 때때로 부위나 위치는 달랐지만 '메스를 사용해 조직을 제거하는 행위'라는 것만은 같았다. 할리 무어 장군이나 다른 암 환자들에게도 그렇게 익힌 손 기술을 써먹었다. 그리고 지금, 다시 한번 그 솜씨가 발휘되고 있었다.

"칼끝에 신경이라도 달린 건가?"

마취과 김종학이 바이털을 체크하며 혀를 내둘렀다.

심지어 간호사들은 완전히 홀려서 입을 헤 벌리고 있었다. 수술 경험이 많은 간호사들만 골라서 꾸린 수술 팀이기에 그들은 도수의 실력을 더 정확히 꿰뚫어 보고 있었다.

순식간에 연부조직들을 도려낸 도수가 다시 간과 연결된 혈관들로 눈길을 돌렸다.

"혈관 절제하겠습니다."

간 공여자의 경우 혈관의 분지를 잘라냈지만 간암 환자는 이후 문합을 위해 분지로 나뉘기 전의 온간관, 온관동맥, 간문맥을 잘라줘야 했다.

서걱, 서걱.

출혈이 발생했다.

"환자 혈압 떨어져요."

김종학이 부드럽게 말했다. 그는 병원 내에 어떤 의사들보다 많은 수술에 참여한 마취과 과장답게 차분했다. 간호사였으면 소리를 질렀을 일을, 나지막한 목소리로 말한다.

더 놀라운 건 도수였다. 그에게 혈압이 떨어지고 있다는 말을 듣고도 대답하지 않았다. 마취과 과장의 말을 가볍게 씹는 건 둘째 치더라도 환자 상태에 조금도 당황한 기색이 없었다.

어쩌면 당연한 일이다.

도수는 투시력을 극한까지 발휘하고 있었다.

샤아아아아아아.

그의 눈에는 환자의 혈액이 빠져나가는 모습이 생생히 보였다. 간 공여자에게 간을 적출할 때 최소한의 투시력만 썼던 덕분에 지금은 투시력의 범위를 모두 개방할 수 있었다.

환자의 전신 구석구석 벌어지고 있는 내부 상황들을 하나도 놓치지 않고 수술할 수 있는 것이다. 만약 무슨 일이 벌어진다 하더라도 누구보다 빠르게 즉각적인 대처를 할 수 있을 터였다.

서걱, 서걱…….

혈관을 묶고 자르기 때문에 출혈 자체는 그렇게 심하지 않았다. 다만 환자의 몸 상태가 최악인 상태로 수술을 시작했기에 작은 대미지도 치명적일 뿐이다. 혈압이 약한 상태에서 시작했는데 더 떨어지면 그건 죽음이다.

"혈압 더 떨어지면 환자 위험할 수도 있어."

김종학 과장의 말에 고개를 끄덕인 도수가 간호사에게 말했다.

"피 짜주세요."

간호사가 수혈 팩에 붙어서 손으로 꾹꾹 눌렀다.

이런다고 당장 뭔가가 해결되진 않겠지만 아주 조금은 시간을 벌 수 있다.

혈관들을 문합할 시간을.

딱 거기까지만 도달하면 된다.

거기까지만 안전하게 데려갈 수 있다면 그다음은 희망을 걸어볼 수 있을 테니까.

'이제 하대정맥.'

서걱.

마침내 간을 붙잡아두고 있는 모든 인대와 혈관들이 끊어졌다.

도수는 환자의 몸에서 간을 통째로 떼어냈다.

"간이식 하겠습니다."

아이스 팩에 보관되었던 공여자의 간이 손에 들어왔다. 아들이 공여한 간의 일부가 아버지에게 넘어가는 순간이었다.

도수의 머릿속에 그동안 습득했던 내용들이 좌라락 펼쳐졌다.

"이제부터 시작입니다."

지금까진 간을 떼어내는 작업만 했다.

하지만 이젠 사람 몸에 간을 집어넣고, 그 간이 제 역할을 할 수 있게끔 만드는 기적 같은 수술을 해내야 한다.

"현미경 주세요."

지금까지처럼 손상된 장기나 동맥을 꿰매는 것과는 차원이 다르다.

간호사가 현미경을 씌워주었다.

바로 그때.

삐이이이이이익!

"……!"

노이즈처럼 날카로운 이명(耳鳴)이 고막을 난도질하며 눈앞이 새하얗게 변했다. 그야말로 아찔한 순간이 지나가고, 정전된 것처럼 블랙아웃 됐던 눈앞이 형광등을 껐다 켰다 하듯 점멸되며 다시 열렸다.

ㅊㅊㅊㅊㅊㅊ.

"아……!"

도수의 입매를 비집고 신음이 흘러나왔다.

투시력을 쓴 상태에서 현미경을 착용해 큰 문제가 생긴 줄 알았다.

그러나 문제의 방향은 나쁜 쪽이 아니었다.

투시력은 여전했으며, 오히려 더 섬세해졌다.

'이게 무슨……'

미생물을 현미경으로 보는 듯한 느낌.

세포조직들의 구성이 눈에 잡힐 듯 꿈틀대고 있었던 것이다.

도수는 이상 현상에 대해 확인 차 잠시 힘을 풀었다.

그러자 줌아웃을 하듯 투시력의 배율이 낮아졌다. 집중도에 따른 투시력의 깊이 변화.

지금껏 현미경을 쓴 상태에서 투시력을 써본 적이 없었던 도수는 놀랄 수밖에 없었다.

하지만 놀라거나 감탄하고 있을 시간은 주어지지 않았다.

"뭐 해?"

김종학이었다.

고개를 가볍게 흔든 도수는 정신을 차렸다.

감탄은 환자를 살린 후에 해도 늦지 않다.

지금 이 순간 가장 중요한 건 환자의 목숨을 구하는 것.

문합을 해야 한다.

문합(吻合).

입술을 합친다는 뜻인데, 혈관을 서로 이어 붙이는 행위를 말한다.

말이 쉽지 실제 문합술은 경우에 따라 종류도 다양하고 아무나 할 수 있는 게 아니었다.

김종학은 못내 걱정이 됐다.

'지금 와서 돌이킬 수도 없고……'

그 역시 다른 수술은 도수가 할 수 있을 거라고 여겼다. 하지만 문합술은 달랐다. 김광석이 믿고 맡기겠다고 해서 제재하진 않았지만, 지금은 김광석도 없는 상황인 것이다.

도수가 어리바리하게 굴더라도 대안이 없다. 직접 환자 목숨을 책임져야 하고, 실패하든 성공하든 그 후폭풍도 홀로 감당해야 하는 상황이 된 셈이다.

'불안한데.'

문합을 끝냈을 때 조금이라도 새는 구석이 있거나 잘못 연결되면 이식받은 장기에 문제가 생길 테고, 환자가 쇼크 상태에 이를 수 있었다. 이 환자에게 쇼크가 온다는 건 사망한다는 뜻이나 다름없다.

그럼에도 도수는 침착하게 말했다.

"타이."

그리고 이내 실과 바늘을 들고 있는 그의 손이 움직였다.

혈관들을 자를 때와 반대로 간정맥, 간문맥, 간동맥, 간관 순으로 문합을 해준다.

"후우."

슥, 스윽.

도수는 먼저 간정맥을 문합했다. 비교적 작은 환자의 혈관은 사선으로 자르고 그에 비해 커다란 이식할 간의 혈관은 비스듬히 잘라냈기에 봉합만 필요한 상황. 먼지 한 점 들어갈 빈틈도 없이 현미경을 통해 보이는 혈관을 꿰맸다.

"……."

김종학은 지금 도수가 잘하고 있는 건지 볼 수 없었으나 그의 표정에서 느낄 수 있었다.

'뭐 이런 녀석이 다 있어?'

저건 긴장한 표정이 아니다.

극도로 집중하고 있는 얼굴이다.

그리고 또 하나.

아주 정교하고 섬세한 손놀림은 육안으로 구분하기 힘들만큼 미세한 폭으로 움직이면서도 혈관을 차근차근 이어 붙이고 있었다.

전율.

경이로움.

김종학은 그 두 가지 감정이 동시에 치밀어 올랐다. 다른 간호사들도 마찬가지였다. 그들 모두 손에 땀을 쥐고 있었다.

그러든 말든, 도수는 주위의 어떤 것도 감각에 들어오지 않았다. 이 공간에는 오직 환자와 자신만이 존재했다. 고요하고 팽팽했다. 그 무엇도 이 시간 속에 들어올 수 없었다.

오로지, 그의 손만 움직였다.

환자 몸속의 미세한 반응들 하나하나까지 다 잡아내며 혈관을 이어나갔다.

간정맥, 그리고 간문맥.

간문맥까지 연결한 도수는 출혈을 막기 위해 혈관을 집어놨던 클램프를 풀어주었다. 그러자.

간이 붉게 변하며 피가 돌기 시작했다.

* * *

“와아아아아아아아아!”

하나같이 상체를 앞으로 바짝 숙인 채 손톱을 물어뜯거나 머리카락을 감싸 쥐며 수술 상황을 지켜보던 참관석에서 함성이 터져 나왔다.

레지던트, 인턴들이 일제히 내지른 환호였다.

재관류.

간이 붉게 변하며 생기를 찾았다는 것은, 문합이 성공적으로 마무리돼서 혈액이 돈다는 뜻이다.

교수들도 시끄럽게 구는 그들을 뭐라고 나무라지 못했다. 그들 역시 헛웃음을 터뜨리며 한마디씩 했다.

“휴, 진짜 대단하네요.”

이유리는 감탄을 아끼지 않았다.

민혁찬도 주먹을 꽉 움켜쥔 채 할 말을 잃었다. 의사로서 모든 지식과 경험을 부정하지 않는 한, 인정과 감탄이 아니면 어떠한 말도 할 수가 없는 것이다.

병원장 역시 고개를 절레절레 저었다.

"이 교수가 말하던 일이 실제로 일어났군요. 다행입니다. 환자 목숨을 구해서."

"…아직 확실한 건 아니죠. 하루는 지나봐야 간 기능이 제 역할을 하는지 정확히 알 수 있을 테니까."

이유리는 팩트를 짚었다.

그러나 원장의 생각은 조금 달랐다.

"우리가 모르는 실수를 했다면 모를까, 이도수 선생은 할 일을 전부 다 한 셈입니다. 수술은 잘 끝났어요. 병원에서는 의무를 다했다는 뜻이죠."

"……."

이유리는 이 순간에도 '의무'를 운운하는 병원장과 말을 섞고 싶지 않은지 모니터로 고개를 돌렸다.

그쯤 도수는 마지막 순서인 간관을 문합하고 있었다. 담관, 담도라고도 불리는 이곳을 문합하는 데에는 두 가지 기술이 있었다.

담관—공장 문합술(Hepaticojejunostomy: 소장을 끌어당겨 담도와 문합하는 술식. 이하 D—J)과 담관—담관 문합술(Duct—To—Duct Anastomosis: 담관과 담관을 다이렉트로 연결하는 문합술. 가장 일반적인 술식. 이하 D—D).

도수는 덕 투 덕(Duct—To—Duct: 담관—담관 문합술의 약칭)으로 문합을 진행했다. 소장을 문합하지 않으므로 수술 후 조기에 경구 섭취를 시작할 수 있으며 담관—공장 문합술보다 대미지가 덜한 문합 방식이었다. 환자 몸 상태가 수술 후에도 굉장히 쇠약해진 상태일 걸 감안하고 내린 결정이었다.

그리고 이번에도 도수는 담관과 담관을 능숙하게 문합했다.

"역시……!"

교수들이 감탄했다.

"와우. 빠르긴 빠르네요."

"세계적으로 이슈가 된 수술 천재가 아닙니까."

응급외상센터장 김광석 이름으로 잡힌 수술.

병원 내 모두가 부정적인 결과를 예측했던 그 수술을, 아직 인턴에 불과한 이도수 혼자 끝내 버린 셈이다.

다들 수군거리며 도수를 칭찬하자 그 모습을 지켜보고 있던 전문지 기자가 병원장에게 물었다.

"원장님, 수술이 잘 끝난 것 같은데… 이도수 선생님에 대해 어떻게 생각하십니까?"

병원장이 마치 준비된 듯한 답변을 내밀었다.

"우리 아로대병원에 이도수 선생 같은 인재가 있다는 건 매우 기쁜 일입니다. 우리 병원은 기존 학계에 고리타분한 관례들을 탈피하고 이도수 선생에게 실력에 맞는 대우를 약속할 것입니다."

"천하대병원에서도 상식 밖으로 우대하는 조건을 제안했다던데요. 그 부분에 대해서도 알고 계십니까?"

"우리 병원 인재에 대한 인터뷰에 왜 남의 병원 이름이 나오는지 의아하군요. 아주 불쾌한 일이에요."

"죄송합니다. 하지만 아로대에선 이도수 선생님에게 어떤 대우를 약속하실 것인지, 구체적인 내용을 밝히신다면 다른 병원들에서도 더 이상 눈독 들이지 못하지 않을까요?"

"노코멘트 하겠습니다."

병원장은 굳은 표정으로 자리를 박차고 일어났다.

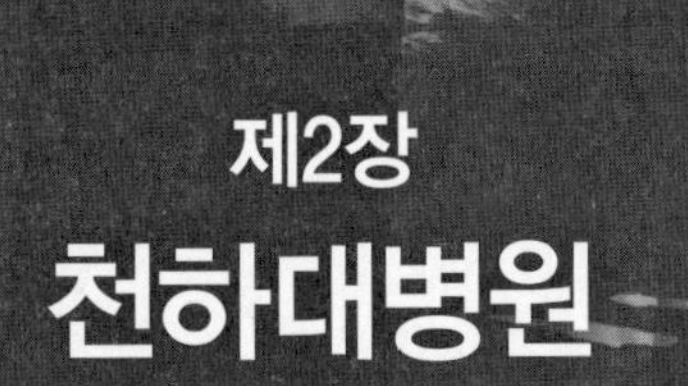
제2장
천하대병원

간관 문합을 마친 도수는 입을 열었다.

"현미경 벗겨주세요."

오염 때문에 스스로 벗지 않고 참여하지 않는 사람이 벗겨 주어야 하는 것이다.

간호사가 현미경을 벗기자 도수는 눈을 깜빡였다.

'투시력은 다시 원상태.'

그는 방금 전 겪었던 변화가 아쉬웠지만 미련을 두진 않았다. 어차피 꾸준히 지식과 경험을 쌓고 체력 관리를 하다 보면 저절로 한계는 늘어날 테니까.

"마무리하죠."

도수는 새로운 봉합침과 봉합사를 받아서 열었던 배를 닫았다.

다시 한번 신기에 가까운 봉합 실력이 발휘됐다.

하긴, 혈관도 손쉽게 봉합하는 써전이 살을 꿰매는 것쯤은 일도 아니었다.

그 모습을 보던 김종학은 고개를 절레절레 저었다.

"어떻게 이런 큰수술을 성공하고도 기쁜 내색 한 번을 안 하냐."

"아직 안 끝났으니까요. 컷."

툭!

실밥을 잘라낸 도수는 가만히 환자의 얼굴을 보았다.

'이제 나머진 당신 몫입니다.'

가슴속으로 말한 그는 잠시 그대로 있다가 몸을 돌려 수술실을 나섰다.

사부작, 사부작.

수술복을 벗은 도수가 문을 통과하자 환자의 보호자들이 기다리고 있었다.

간 공여자의 어머니이자 환자의 아내인 중년 여자가 두 손을 모으고 물었다.

"선생님……! 어떻게 됐나요?"

표정에 간절한 심정이 고스란히 드러나 있었다. 염색을 못 해 곳곳이 희고 헝클어진 머리카락, 화장도 못한 파리한 안색, 주름진 눈가에 눈물 자국이 남아 있다.

"일단 수술은 성공했습니다."

"아……!"

눈을 질끈 감은 그녀가 비틀거리자.

기족들이 뒤에서 잡아주었다.

"하느님, 감사합니다. 하느님, 감사합니다."

중얼거린 여자는 도수의 손을 꼭 붙잡았다.

"선생님, 감사합니다. 정말 복받으실 거예요. 우리 가정을 살리셨습니다."

"……."

"그럼… 그이는 언제 깨어나는 건가요?"

"그건 확답을 드릴 수 없습니다."

"네? 그게 무슨……."

여자의 눈이 커졌다.

분명히 성공했다면서?

눈빛이 그렇게 묻고 있었다.

그에 도수가 숨김없이 대답했다.

"일단 마취가 깰 때까지 하루 정도가 소요됩니다. 물론 사람마다 다를 수 있고요. 간 기능이 제대로 작동을 한다면 의식을 찾으실 테고, 환자 몸이 너무 쇠약해져서 간이 제대로 기능을 못 할 경우… 깨어나지 못하실 수도 있습니다."

"그, 그게 무슨 말씀이세요, 선생님! 분명 수술은 성공하셨다고……."

"수술 성공과 환자 회복은 또 다릅니다. 하지만……."

맞잡은 도수의 손에 힘이 들어갔다.

"아드님을 생각해서라도 깨어나실 겁니다. 그럴 수 있도록 제가 최선을 다하겠습니다."

도수는 '저희'가 아닌 '제가'라고 했다. 그는 다른 누군가를 입에 담지 않았다. 그의 법칙은 간단명료했으니까. 자신이 집도한 환자이니 끝까지 책임진다. 그 결과가 어떻게 나오든 그 책임 또한 자신이 진다.

진심이 닿은 걸까?

여자는 도수에게서 손을 떼고 공손히 두 손을 배꼽 아래에 모았다. 그리고 깊이 고개 숙여 인사하며 부탁했다.

"네, 선생님. 제발 무슨 수를 써서든… 그이만 살려주세요. 우리 가족 모두 그이 등만 보고 살아왔어요. 살려만 주세요……."

"네. 제가 최선을 다하겠습니다."

도수는 같은 말을 반복하곤 걸음을 옮겼다. 환자들로부터 몇 걸음 더 떨어졌을 때.

누군가 말을 걸어왔다.

"수술 잘 봤습니다."

벽에 등을 기대고 있던 기자였다. 이번 공개 수술에 참관인으로 초청된 당사자기도 했다.

"나중에 얘기하죠."

도수는 단칼에 자르고 가던 길을 갔다.

현기증이 날 만큼 피로했기 때문이다.

그래도 다행인 건, 정신을 잃고 혼절하거나 하지 않았다는 점이다.

꽤 긴 시간 두 개의 수술실에서 두 번의 수술을 진행했음에도 불구하고 버텨낸 것이다.

'…평소보다 더 많은 체력과 집중력을 쓴 것 같은데.'

라크리마에선 생존이 체력 훈련이고 일상이 투시력을 키워주는 경험치였다.

그러나 이곳에 온 후로는 조금 다른 방식으로 접근했다.

체력은 새벽마다 뜀박질로 기르고 경험을 쌓던 시간은 지식을 키우는 시간으로 대체했다.

당연히 투시력이 향상되는 속도가 더뎌질 거라고 생각했는데.

더 빨라졌다.

이미 경험으로 쌓을 수 있는 경험치는 한계치에 도달해 있었던지 새로운 방식의 경험치 쌓기에 투시력이 어느 때보다 강렬한 반응을 보이고 있는 것이다.

이런저런 생각을 하며 걷고 있는데.

어느새 뒤에 따라붙은 기자가 다시 물었다.

"선생님. 그래도 큰수술을 성공하셨는데, 그에 관해서 한 말씀만 해주시죠. 지금 드는 생각도 좋고 소감도 좋습니다."

지금 드는 생각?

투시력에 대한 걸 만천하에 떠벌린다면 만천하가 놀랄 것이다.

그리고 도수는 수술 실력보단 초능력자로 유명해질 터였다. 정신병에 걸리고도 환자를 닥치는 대로 수술해서 살려내는 초능력자.

"제 소감은 자중할 때라는 겁니다. 아직은 뭐라 얘기하기 이르니 환자가 깨어나면 그때 하시죠."

고개를 돌린 도수가 훌쩍 멀어졌다.

그렇게까지 말하자 기자는 더 이상 따라붙지 않았다. 다만 뒷모습을 보며 빙그레 웃을 따름이었다.

"젊은 의사들이 큰수술을 성공하면 명예나 영달에 눈이 머는데 전혀 다르네."

신선했다.

대학병원에서 난다 긴다 하는 외과의들 대부분이 자존심이 높은 만큼 수술에 대한 공명심이 있기 때문이다. 그런데 도수는 그들과는 묘하게 다른 분위기를 풍겼다. 나이가 어린데도 백전노장의 일면을 가진 것이다.

"뭐… 이래저래 겪다 보면 기회가 오겠지."

깨끗이 단념한 기자, 김홍찬은 수첩을 덮으며 다음을 기약했다.

* * *

잠시 눈을 붙인 도수는 일어나자마자 회복실로 갔다. 그러자 아버지와 나란히 누워 있는 아들이 인사를 했다.

"안녕하세요."

병석을 지키던 아내 역시 고개를 돌려 도수를 발견하곤 알은체를 했다.

"선생님……."

그 와중 심상치 않은 표정으로 도수를 바라보고 있는 얼굴이 있었다.

못 보던 얼굴.

"하… 이거 어이가 없네."

대뜸 반말이다.

남자의 시비는 거기서 그치지 않았다.

"우리 형수랑 수혁이 보니 그쪽이 우리 형님 수술을 했나 보지?"

"…이도수입니다."

"그건 당신 가슴팍에 쓰여 있고."

험악하게 인상을 구기자.

나머지 두 사람이 말렸다.

"삼촌……!"

"도련님!"

"아, 가만히 있어보세요들. 지금 이렇게 어린 의사가 수술했다는 거 아닙니까? 그러니까 우리 형님이 못 깨어나시지. 대부분 간이식 받고 하루면 깬다더만! 이 병원에는 아무나 수술 막 하고 그러나? 엉?"

"나가서 말씀하시죠."

"나가서 말하면? 왜, 한 대 치게?"

"여긴 회복실입니다."

"그래서?"

"회복실에서 떠드는 건 제가 보호자분을 한 대 치는 것보다 훨씬 더 형님한테 치명적일 수 있습니다."

"…하! 이거 봐라?"

남자는 소매를 걷어붙이며 성큼성큼 병실을 나갔다.

그러자 아직 병석에 누워 있는 아들과 그 엄마가 어쩔 줄 모르고 말했다.

"선생님, 가지 마세요."

"맞아요, 원래 저렇게 난폭한 사람이 아닌데… 저희가 잘 타일러 보겠습니다."

"아뇨."

도수가 말했다.

"제가 말씀드리는 게 빠를 겁니다. 가족분들이 말씀하셔 봐야 반감만 더 생길 테니까요."

그는 남자가 원래 그런 사람이든 아니든 조금도 관심이 없었다. 그저 소란을 피우고 있고 진정시켜야 할 상황이 왔을 뿐이다. 이런 상황은 생명이 오가는 곳에선 어디서나 벌어진다. 그래도 여기는 칼부림, 총부림은 없지 않은가?

도수가 회복실을 나가서 문을 닫자.

남자가 한 걸음 성큼 다가오며 허리를 짚었다.

"당신, 내가 경우 없는 사람처럼 보이겠지만 나도 다 알아보고 왔어. 근거도 없는 수술을 했더만? 간암 4기 환자한테 희망 심고 희망 고문 하다가 마루타 삼아서 식물인간 만든 거 아니야!"

도중에 감격이 격해졌는지.

콰악.

멱살을 잡고 도수를 돌려세우는 남자.

그는 울고 있었다.

“수술 동의? 그건 내가 안 했고. 말로 살살 꼬드겨서 죽어가는 사람 죽이면 죄책감이 덜한가? 그래?”

남자는 힘을 줘서 흔들었다.

도수는 저항하지 않고 말했다.

“수술 전 설명드렸지만 몇 번을 설명드려도 부족할 테고.”

“뭐?”

“이렇게 저를 쥐고 흔들거나 폭행을 하셔도 그것 또한 분이 안 풀리실 테고.”

“너, 지금 뭐라고…….”

“그런데 말입니다.”

턱.

도수가 팔목을 잡았다.

항거할 수 없는 악력에 남자가 손을 빼려고 힘을 주며 눈알을 위아래로 굴렸다.

“야, 이거 안 놔?”

그러든 말든, 도수는 꿈쩍도 하지 않고 그를 직시한 채 물었다.

“동생분은 믿어주셔야 하는 것 아닙니까?”

타악!

남자가 손을 뿌리쳤다.

도수가 놔준 것이다.

씩씩대던 남자는 도수를 죽일 듯 노려보며 되물었다.

"그게 무슨 개소리야? 지금 저 형님이 저렇게 누워 있는 걸 보고도……."

"실패면 실패. 사망이면 사망. 판단이 서는 즉시 말씀드릴 겁니다."

"시, 실패가 뭐 어째? 하하하! 편리해서 좋겠다! 너무 황당해서 이 개같은 상황에 웃음이 다 나오네. 의사란 새끼가 잘도 그딴 뻔뻔한 말을 지껄이는구나."

도수는 못 들은 척 할 말을 했다.

"…하지만 아직은 아니에요. 저기 누워계신 형님도, 형님 수술을 집도한 의사도, 아내와 멀쩡한 간을 떼어낸 아들도 포기하지 않았습니다. 일단 지금은 형님을 믿으세요."

"……."

"일단 믿으시고. 지금 힘쓸 거 아껴뒀다가 잘 일어났다고 형님을 안아줄 때 쓸지, 저를 때리는 데 쓸지 결정하시죠."

"…정말……."

움켜쥐고 있던 주먹을 편 남자가 도수의 팔를 붙잡으며 물었다.

"정말 이러다가도 깨어날 수 있는 거야?"

"네. 아마……."

"아마?"

"…그게 지금인 것 같지만."

도수가 남자의 어깨 너머를 턱짓했다.

그 시선을 좇아 고개 돌린 남자. 그의 시야로, 눈물범벅이 돼서 뛰쳐나온 형수의 모습이 보였다.

"살았어요, 도련님……! 아이고, 선생님… 살았어요. 우리 남편이… 애 아빠가… 깨어났습니다. 하하하… 하하하하… 으흐흑, 흐흐흑… 흐어엉!"

웃다가 감정이 복받쳤는지 울음을 터뜨리는 그녀.

"큰 고비는 넘기신 것 같습니다."

그 말과 함께.

펄럭!

멱살이 잡혔던 가운 깃을 세게 한번 털어낸 도수는 다시 병실로 걸어 들어갔다. 이번에는 나올 때보다 몇 배는 떳떳하게.

*　　　*　　　*

병원에서, 특히 응급실에서 자주 벌어지는 해프닝을 겪은 다음 날.

도수는 첫 오프(Off: 의사들이 쉬는 날)였다.

세상에서 가장 부러운 사람을 보는 듯한 눈길로 그를 보던 임재영이 물었다.

"오늘 뭐 하게?"

그는 도수가 어려운 수술을 척척 해내고 인턴이 인간 같지 않은 실력을 발휘하며 각광받을 때보다 더 부러웠다. 그건 비현실적이고 오프는 그도 누릴 수 있는 행복이었기 때문이다.

그러자 도수가 말했다.

"극비 사항인데."

"뭔 극비?"

임재영이 물었지만 도수는 모호한 미소를 지을 뿐이었다.

그러나 취조는 끝나지 않았다.

강미소가 곁다리로 툭 뱉은 것이다.

"난 어디 가는지 알 것 같은데."

"정말이십니까?"

임재영이 묻자.

종이컵에 든 블랙커피를 호로록 들이마신 강미소가 자신의 추리를 뱉었다.

"병원 가는 거 아니야?"

"병원은 왜요? 여기가 병원인데?"

"여기 말고 다른 병원."

"예? 도수 어디 아파요?"

"으이구, 인간아. 그건 같이 사는 네가 더 잘 알겠지."

"아……."

"그게 아니라 왠지 오프 날에도 수술할 것 같아서."

"아!"

임재영은 그제야 말뜻을 깨닫고 도수에게 당부했다.

"너, 진짜 다른 병원 가서 수술하고 그러면 안 된다. 라크리마에선 어떨지 몰라도 한국에선 큰일 나. 네가 나 처음 봤을 때 도와준 것도 김 교수님 아니었으면 끝장이었을 거야."

도수는 피식 웃었다.

"다른 병원 갈 건데."

"잉?"

임재영과 강미소가 동시에 눈을 치떴지만 도수는 가타부타 설명하지 않고 임재영의 어깨를 두드리며 스쳐 지나갔다.

그에 멍해진 임재영이 구시렁거렸다.

"에이 씨, 말이나 하지 말지. 더 궁금하게……."

그리고 그 말을 들은 강미소는 궁금증을 화풀이로 대신했다.

"하늘 같은 선배 앞에서 에이 씨?"

"……."

"인턴, 안 뛰어?"

후다닥!

임재영이 앞질러서 응급실로 내달리자 그 뒷모습을 응시하던 도수가 고개를 돌렸다.

강미소가 보였다.

인턴 임재영, 레지던트 강미소, 이시원.

자주 어울리는 응급실 남매들.

그리고 응급실에서 부모님과 같은 역할을 하는 센터장 김광석, 교수 양진명까지.

그들 중 누구도 상상하지 못할 터였다.

오프 날 도수의 발길이 닿을 곳이 천하대병원임을.

* * *

천하대병원 이사장실.

도수는 할아버지와 2주 만에 마주 앉았다.

"……."

후루룩.

차를 한 모금 들이켠 이사장이 먼저 입을 열었다.

"내 생각보다 빨리 왔구나."

"약속한 2주가 됐으니까요."

"간이식은?"

"제가 하는 수술이 간이식이라고 말씀드린 적 없는데."

"……."

"이미 아시잖아요?"

이사장이 피식 웃었다.

"그래, 축하한다. 수술은 너 혼자 했다고?"

"사정이 있었어요."

"김 교수가 자리를 비웠겠지. 그 환자도 살았다더구나. 그날 두 사람이 둘을 살렸어."

"정보력이 대단하시네요."

"정보력이랄 것까지야. 전화 한 통이면 될 것을."

은근히 자신의 영향력을 과시한 이사장이 말을 이었다.

"빙빙 돌리지 말고 용건으로 들어가지."

말이 떨어지기 무섭게, 도수가 말했다.

"지난번 제게 해주신 제안은 사양하겠습니다."

"그 말을 하려고 여기까지 온 건 아닐 테고."

"다른 조건을 말씀드리죠."

어느 정도 예상했던 걸까?

이사장은 고개를 주억거렸다.

"말해보거라."

"천하대병원 응급외상센터장 자리가 공석이더군요."

"돈이든 자리든 관심 없다면서?"

"관심이 있었다면 유명무실한 자리를 요구하진 않았겠죠."

사실이었다.

아로대학병원과 달리 천하대병원은 응급외상센터가 제 역할을 못 하고 있었다.

다른 병원의 일반 응급실이나 크게 다른 점이 없는 것이다.

이유는 하나.

"적자가 큰 사업이다."

"대신 저를 얻으실 길이 열릴 겁니다."

이사장은 고요하게 눈을 빛내며 턱을 매만졌다. 돈도, 자리에도 관심 없는 도수가 응급외상센터장 자리를 내달라고 요구한 이상 천하대병원에 들어와서 해당 파트를 활성화시키겠다는 뜻일 터.

그는 좀 더 들어보기로 했다.

"천하대에서 응급외상센터를 해보려고 하는 이유는?"

"국내에 제 역할을 하는 권역외상센터는 경기권의 아로대학병원 한 곳뿐입니다. 그마저도 후원을 받아서 겨우 운영되고 있기 때문에 언제 사라져도 이상하지 않을 상황이죠."

"그걸 모르는 의료인은 없다. 병원도 이익집단인 만큼 적자 볼 걸 알면서도 시도하지 않을 뿐."

"매일 사고 건수에 비하면 말도 안 되는 일이라고 생각하지 않으세요?"

"……."

"병원의 주된 목적은 다치고 아픈 사람을 치료하는 겁니다."

"영웅 대접을 받다 보니 진짜 영웅이라도 되려는 게냐?"

"의사로서 제 일을 열심히 하겠다는 겁니다. 아무도 방해할 수 없는 자리에 서서요."

"너 하나 얻자고 병원 재정의 손실을 감수해라……."

"아로대병원 응급외상센터장께서 발표하신 논문을 읽었습니다. 매년 병원 홍보와 내, 외관 설비에 드는 돈을 생각하면 큰돈이 아니더군요. 같은 돈을 병원 치장이 아닌 환자 구조에 쓰시라는 겁니다. 돈만 쓰시면 제가 직접 뛰겠습니다."

나쁜 제안이 아니었다.

도수를 영입하는 것 하나만으로도 매년 지출하는 병원 홍보비를 대대적으로 감축할 수 있으니까.

고민하던 이사장이 입을 열었다.

"그리고?"

또 있을 것이다.

단순히 응급외상센터를 원했다고 보기에는 외상센터가 활성화된 아로대에서 천하대로 적을 옮기겠다는 동기가 약했다.

역시, 도수는 담담하게 다음 조건을 말했다.

"저 하나 말고, 저를 제외한 셋을 받아주십시오."

"…이거야, 첫 번째 조건보다 더 터무니없군."

이사장은 말과는 달리 잔잔한 표정으로 물었다.

"천하대병원 의료진 전원이 모교 소속이다. 그런데 타 병원 사람을 셋이나 받으라고? 강한 반대에 부딪칠 거야."

도수도 예상한 바였다.

국내에서 천하의대의 입지는 독보적이다.

모교 출신 인재로만 구성해도 당당히 대한민국 최고의 병원 자리를 지키고 있는 현실에서 나오는 자부심이었다.

한데 도수는 그렇다 치고 타 병원 인재를 셋이나 들이라니.

이건 돈 문제를 벗어난 자존심 문제였다.

물론 도수는 이에 대한 대답도 준비되어 있었다.

"응급외상센터의 독립성을 인정할 생각이라고 설득해 주세요. 김광석 교수님을 모실 생각입니다."

이사장의 눈이 커졌다.

독립성을 인정해 달라. 이건 다시 말해 응급외상센터 인력들이 치외법권에 속한다는 뜻이 된다. 언뜻 들으면 좋은 말 같지만, 병원 내 정치력에 어떤 영향력을 받지 않고 어떤 영향력을 행사할 수도 없다는 뜻이다.

"너야 대놓고 영달에 관심이 없다고 했으니 그렇다 치자. 지금보다 높이 올라갈 수 있는 계단이 사라지는데 누가 자원하겠느냐?"

"저와 같은 사람들."

도수가 빙그레 웃었다.

"저는 앞으로 그런 사람들이 필요합니다."

이쯤에서 병원장은 묻지 않을 수 없었다.

“대체 뭘 하려고?”

“그건 밝힐 수 없지만 제가 무언가를 한다면, 그건 병원에 이익이 되는 쪽일 겁니다.”

이사장은 고개를 끄덕였다.

독립성을 인정하는 대신 김광석 같은 중증 외상의 권위자를 섭외할 수 있다. 이건 병원 중역들을 설득할 강력한 승부수가 될 터였다. 김광석은 기존에도 국내에서 유명했고, 도수를 살려서 데려온 일로 더 유명해진 상태였다.

그리고 그보다 더 유명한 도수를 영입하는 순간, 천하대병원은 환자를 빨아들이는 진공청소기가 될 터였다. 국내 의료계가 천하대를 중심으로 돌아가는 것이다.

“좋다. 최대한 힘써보마. 그럼 한 명은 김광석 교수고 나머지 둘은 누구를 데려올 생각이지?”

“함께 손발을 맞췄던 사람들이요. 아로대학병원은 주기적으로 내전 지역에 의료봉사를 보내고 있습니다. 주로 응급외상센터의 골칫거리들이 반강요식 권유를 받게 되고요.”

내보낼 명분은 충분하다.

애초에 내전 지역이면 응급 외상 환자가 절반이 넘을 테니까.

“그런데?”

"그래서 제가 하려는 일에 적합합니다. 그 사람들은 굳이 높은 곳까지 계단을 오를 생각이 없을 테니까요. 그들은 계단을 내려가 환자를 살피는 사람들입니다."

이사장은 '그래서 네가 하고자 하는 일이 뭔데?'라고 묻고 싶었다. 하지만 그러지 않았다. 불과 열아홉 살짜리 소년이 아로대병원과 천하대병원을 양손에 쥐고 흔들며 어디를 자기가 원하는 일에 무기로 삼을지 저울질하고 있었다. 이 고약한 손자가 스스로 말하고자 않으면 누구도 대답을 듣지 못할 것이다.

그리 여긴 이사장이 대답했다.

"얼추 구색은 갖췄구나. 약속은 지킬 테니 더는 저울질하지 말아라. 이 이상 애를 태웠다간 그땐 이 할아비가 모진 고초를 겪고 찾아온 혈육을 마다할 수도 있으니."

"아직 안 끝났는데요."

"뭐?"

"마지막입니다."

도수는 품에서 두툼한 서류 봉투를 꺼냈다.

"일단 이걸 먼저 보시죠. 제 아버지의 논문입니다."

"찬이의?"

"네."

이사장은 서류 봉투에서 논문을 꺼내 한 차례 훑었다. 한

번 훑는 데만 해도 삼십 분 가까이 걸렸다. 그사이 도수는 묵묵히 차를 마시며 기다리고 있었다. 그리고 검토가 끝났을 때, 이사장의 잇새로 묵직한 음성이 흘러나왔다.

"…그래서… 세계를 돌아다녔구나. 둘이서."

논문은 바티스타 수술에 대한 것이었다.

세계 각지를 돌아다니며 수술이 필요한 환자에게 수술을 하고 성공 사례들을 기록한 논문이었다.

도수가 읽어본 바로 바티스타 수술은 그 역시 당장 성공을 장담하기 힘들 정도로 난도가 높은 수술이었다. 그런 수술을 수차례 성공시킨 그의 아버지와 어머니는 대단한 의술을 가진 의사이자 환상적인 한 팀이었을 것이다.

아니나 다를까 이사장이 재차 입을 열었다.

"네 부모는 국내뿐 아니라 세계 어디서도 보기 힘든 의술을 가진 굉장한 의사들이었다. 너처럼 개인의 영달에 아무런 관심도 없었지. 오직 환자 생각만… 그래서 내 욕심을 모두 내쳤어. 난 네 엄마가 이 병원을 맡아주길 바랐다. 다른 남매들보다 네 엄마가 남아주길 바랐어."

지금껏 수많은 타인의 감정을 접해왔던 도수는 이사장 목소리에 밴 감정의 정체를 알 수 있었다. 깊은 슬픔과 한 스푼의 배신감이었다.

"…그런데 이렇게 돌아왔구나. 내 그리 미래가 아닌 현실을 살라고 했건만."

도수를 대할 때와는 또 다른 모습이었다. 물론 도수보단 이사장이 갑자기 나타난 가족을 더 애틋하게 생각하겠지만, 자기 손으로 먹이고 재워가며 키운 자식만 못했다. 특히 이사장처럼 이성적인 사람에게는.

물론 도수도 그런 사감을 바라지 않았다.

"저는 자식으로서 그 미래를 완성시킬 겁니다."

"바티스타 수술… 말이냐?"

"완전해진 바티스타 수술을요."

"……."

"이건 한 가족으로서의 부탁이기도 합니다. 바티스타 수술이 필요한 디씨엠(Dilated Cardiomyopathy: 확장성 심근병증. 약칭 DCM) 환자들을 끌어모아 주세요."

"…그랬다가 한 번이라도 실패가 생기면 그 순간 끝이다. 너뿐만 아니라 이 병원 전체가 구설수에 오를 거야."

"이 병원에는 스리디 바이오 시뮬레이터가 있다고 알고 있습니다."

스리디 바이오 시뮬레이터(3D Bio Simulator).

환자의 인체 일부분을 3D 모형으로 구현해 내 의사들이 수술 연습을 할 수 있게끔 해주는 기계였다. 매 순간 실전인 의사들에게나 수술을 받는 환자들에게는 굉장히 메리트가 큰 의료 기계였지만 단점은 비싸다는 것.

천하대병원에는 그 기계가 있는 것이다.

오직 천하대병원만 갖추고 있는 제품이기도 했다.

"몇 번을 연습하든 성공을 장담할 수 있는 수술이 아닐 텐데."

"초기에 발견하면 다행이지만 증상이 나타나면 오 년 내 사망률 오십 퍼센트입니다. 바티스타 수술이 성공을 거듭할수록 언제 어느 때 심장이 멈출지도 모른 채 시한부 삶을 살던 환자들이 마음 놓고 살아갈 수 있게 된단 뜻이죠. 앞으로 생겨날 디씨엠 환자들도 그 수술을 받고 건강하게 회복할 테고요. 이로 인해 바티스타 수술의 성공 확률이 증명된다면 천하대병원은 세계적으로 손에 꼽히는 병원으로 도약할 수 있을 겁니다."

도수 말은 틀린 구석이 없었다.

하이 리스크, 하이 리턴인 셈이다.

게다가 이사장이 읽은 도수의 아버지 '이찬'의 논문은 근거가 탄탄했다. 왜 발표되지 못하고 묻혔는지 납득이 가지 않을 만큼.

"이 논문이 왜 네게 있는 게냐."

"아버지가 전에 근무하셨던 아로대학병원 병원장이 가지고 있었습니다. 이 논문과 관련이 있는 병원장과 정형외과 과장이 이 논문을 숨기려 하는 걸 응급실 레지던트가 제게 몰래 건네주었습니다."

"그건 내가 알아보도록 하마. 그리고 아마 내 직권으로 네게 디씨엠 환자들을 몰아주게 되면 외과 쪽에서 난리가 날 거야. 흉부외과는 더할 테고. 명분이 필요하다."

"제가 밝힐 겁니다."

이사장이 눈을 치떴다.

그러자 도수가 덧붙였다.

"이 논문, 그리고 제가 할아버지 손자라는 것. 모두 다요."

"…우리 병원에 오길 망설인 이유 중 하나가 나와의 관계가 밝혀지면서 '다시 한번 시끄러운 소란에 휘말릴까 봐'였던 걸로 아는데."

"이젠 괜찮아요."

간단히 대답한 도수가 차분하게 말을 이었다.

"제가 할아버지 제안을 한 번에 수락했다면 그건 말이 나올 여지가 있었습니다. 모든 조건에 명분이 부족했으니까요. 그렇다는 건 결국 제가 할아버지께 빚을 지게 되는 거죠. 빚은 갚아야 합니다. 만약 빚을 진 상태에서 제게 병원 경영에 관련된 일을 덜컥 맡기셨다면 전 거절하지 못했을 거예요."

"이제는 아무런 빚이 없다?"

"…아로대학병원에서도 할아버지가 제안하셨던 것과 동일

한 조건과 바티스타 수술에 관한 조건을 허락해 줬으니까요."
"바티스타 수술에 관한 것도?"
"네. 아군은 가까이 두고 적은 더 가까이 두고 지켜본다. 뭐 이런 거겠죠. 만약 거절하면 저는 다른 곳으로 갈 테지만 아로대는 그들의 세상이니까. 제가 딴마음 먹어도 뜻대로 못 하게 막을 수 있다고 여겼을 테고요."
도수는 간암 말기 환자의 수술 결과를 확인한 날, 병원장에게 같은 제안을 던졌던 것이다.
병원장은 덥석 물었지만.
도수는 대답을 미룬 채 천하대병원에 찾아왔다. 아로대에서 같은 조건을 허락한 이상 천하대병원에서 하는 제안은 혈육 간의 사적인 감정이 아닌, 합당한 제안이 되는 셈이다.
단숨에 이런 상황을 이해한 이사장은 눈을 빛내며 도수를 응시했다.
왜일까?
이 순간.
돈과 지위에 관심 없는 놈에게 더 많은 걸 쏟아붓고 싶어지는 이유는.

제3장

러쉬(Rush)

오프 날 저녁.

도수는 아로대학병원으로 돌아왔다.

"어?"

그를 발견한 임재영이 토끼 눈을 했다.

"뭐야? 황금 오프에 왜 병원을 와? 너, 설마 오늘 간다는 병원이 우리 병원……."

"아뇨."

고개를 저은 도수가 말했다.

"안 그래도 다른 병원에서 오는 길이에요."

도수는 그 이상 구체적인 설명을 하지 않았다. 안타깝게도 그가 생각하는 두 명에 인턴은 없었다. 임재영은 자진해서 응급의학과에 지원한 것도 아닐뿐더러 내전 지역 의료봉사를 나간 적도 없기 때문이다.

"이시원 선생님, 강미소 선생님 어디 계세요?"

"글쎄? 응급실 어디 계시지 않을까? 수술 들어가신 건 아닐 거야."

고개를 끄덕인 도수는 응급실을 가로질렀다.

"오프에 웬일이야?"

양진명 교수.

사람 좋고 도수를 인정해 주는 사람이었지만 그 역시 대상이 아니었다.

사람 좋은 만큼 병원 내 정치도 잘해서 응급외상센터의 일원임에도 내전 지역 봉사를 권유받지 않고 굳건히 자리를 지켰던 것이다.

"센터장님 좀 뵈려고요."

"그래? 시원이랑 미소 저녁 먹이신다고 나가셨는데. 요 앞에 찌개집에 계실 거다."

"감사합니다."

도수는 그 길로 응급실을 나와 찌개집으로 갔다. 과연 안에는 세 사람이 둘러앉아 때늦은 저녁을 먹고 있었다.

“어?”

가장 먼저 도수를 발견한 건 이시원이었다.

“오프 날 여긴 웬일이야?”

그러자 강미소가 따라 고개를 들었다.

“그러게. 제2의 센터장님이 될 조짐이 보인다니까요?”

피식 웃은 김광석이 의자를 빼주며 도수에게 말했다.

“이리 앉아라.”

도수가 앉자 그가 다시 물었다.

“이쪽에 약속이라도 있는 거야?”

“그건 아니고, 마침 세 분을 뵈려고 왔어요.”

“음?”

김광석의 평온한 얼굴을 향해 도수가 돌을 던졌다.

“오늘 천하대병원 이사장님을 만나고 왔습니다. 저와 세 분을 스카우트해 달라고요.”

수면에 파문이 이는 것처럼 세 사람의 표정이 저마다 다르게 구겨졌다.

그중 김광석이 가장 심각했다.

“그게 무슨 소리냐.”

“아로대병원 응급외상센터에는 교수님께 모든 걸 배운 양진명 교수님이 계시죠. 하지만 천하대에는 아무도 없습니다. 경기권에는 아로대병원이 있지만 서울권에서 발생하는 응급 외상 환자는 의지할 데가 없어요."

도수는 조건에 관한 건 말도 꺼내지 않았다.

'천하대'라는 이름이 나온 순간 조건이 뛸 것은 불 보듯 빤했기 때문이다.

김광석은 여전히 딱딱하게 굳은 표정으로 물었다.

"그래서 천하대로 가자? 상의 한마디 없이 네 멋대로 이런 일을 벌인 거냐?"

분노.

그러나 도수는 담담하게 대답했다.

"그렇습니다. 아무것도 확실한 게 없는 상태에서 상의할 수 있는 부분은 아니니까요. 지금도 결정된 건 없습니다. 그래서 의사를 여쭙는 거고요."

원래 무데뽀인 건 알고 있었다.

그렇다 해도 이건 좀 지나쳤다.

적어도 김광석의 생각은 그랬다.

"네가 옮기는 건 막지 않으마. 그렇다고 안 그래도 인력이 달리는 응급외상센터의 인력을 감언이설로 빼가려는 건 누가 봐도 눈살 찌푸려질 행동이야."

"우리가 빠져도 인력은 충원될 겁니다."

"누가 지원한다고?"

"누구든 '아로대' 하면 '응급외상센터'를 먼저 떠올립니다. 교수님이 이루신 거죠. 병원은 명성을 위해서라도 예산을 절감할지언정 외상센터를 없애진 못할 겁니다."

"일리 있는 말이다만."

김광석이 덧붙였다.

"난 이 병원에 아무런 불만도 없다. 그런 내가 왜 조강지처를 버리고 다른 살림을 차려야 한단 말이냐?"

"정말 불만이 없으세요?"

한마디로 아프게 찌른 도수가 말을 이었다.

"교수님이 안 계시면 응급외상센터는 변하겠죠. 전만 못할 겁니다. 그렇다고 해도 경기권역의 구조 활동은 계속 이어질 거예요. 병원이 그걸 바랄 테니까. 하지만 서울은 응급외상센터 자체가 없어요. 있어도 유명무실하죠."

이쯤 되자 김광석은 미간을 찌푸렸다.

"그래, 좋다. 우리가 여길 떠나서 천하대 응급외상센터로 간다고 치자. 그들이 우리를 있는 그대로 볼까? 천하대다, 천하대! 모교 출신이 아니라고 색안경을 낄 테고, 어떤 지원도 빈약할 거다. 그런 곳에 타 학교 출신 인력 셋이 들어가서 바꿀 수 있는 건 아무것도 없어."

"있습니다."

도수는 확신했다.

"응급외상센터는 병원과 별개로 활동하게 될 겁니다. 모든 재가는 이사장을 통해서 받게 될 테고요. 병원 정치에 휘말릴 일도, 눈치 보며 환자를 치료해야 하는 일도 없을 겁니다."

"……."

"물론 문제는 있습니다."

도수는 솔직히 밝혔다.

"센터장 자리를 내려놓고 평교수로 돌아가셔야 합니다. 제가 센터장으로 부임할 테니까요."

"……!"

레지던트들은 수저도 못 뜨고 있었지만, 만약 음식을 먹고 있었다면 내용물을 뱉었을 만큼 놀랐다.

"으… 응급외상센터장?!"

인턴에서 바로 센터장까지.

과장급 인사가 되는 셈이다.

도수가 고개를 끄덕였다.

"물론 말씀드렸다시피 별개로 활동하니 병원 내 어떤 힘도 없습니다. 병원장 선거에도 투표권을 행사하지 못할 테고 과장급 회의도 참여하지 못할 겁니다. 그 대신 임기가 없는 이사장님께 환자 치료를 위한 건 뭐든 요구할 수 있습니다. 오히려 환자 치료에 더 집중할 수 있는 거죠."

"맙소사."

강미소가 김광석에게로 시선을 돌렸다.

"교수님, 우리가 그렇게 원하던 것들 아니에요?"

이시원도 다르지 않은 표정으로 김광석을 응시하고 있었다.

두 레지던트의 눈길을 받은 김광석은 확신할 수 있었다.

'이미 마음이 동했군.'

응급외상센터장?

누가 되든 알 바 아니었다.

그저 환자가 필요로 하는 곳에서 한 명의 환자라도 더 치료할 수 있다면 그뿐이다.

그런 의미에서 천하대병원 이사장은 최고의 스폰서였다. 아마 그를 등에 업은 천하대병원 응급외상센터는 금세 아로대병원을 넘어 세계적으로 도약할 수 있게 될지도 모른다.

물을 한 모금 들이켠 김광석이 물었다.

"언제부터 했던 생각이지?"

"아로대병원에 왔을 때부터요."

도수는 굳이 그 사실을 숨기지 않았다.

"전 현장 경험이 많은 동료가 필요합니다. 환자를 위해서라면 개인의 영달 따윈 얼마든 포기할 수 있는 동료가 필요합니다. 손발을 맞출 실력 있는 동료가 필요해요."

그는, 한마디 덧붙였다.

"저와 함께해 주십시오."

"……"

침묵이 감돌았다.

보글보글 끓던 찌개는 차갑게 식어가고 있었다.

두 레지던트의 가슴은 반대로 점차 다시 끓어오르고 있었지만, 김광석의 가슴만은 여전히 차가웠다.

'가지 않을 이유가 없다.'

그런데 왜 이렇게 기분이 안 좋은 걸까.

환자에 대한 순순한 열망으로 가득 찬 두 레지던트는 마음속으로 환호하고 있는데 말이다.

만약.

도수가 천하대 응급외상센터장 자리를 받아왔다면?

그래도 지금처럼 불쾌하게 앉아 있을까?

김광석은 그에 대해 자신 있게 대답할 수 없었다.

'…어느새 나도 그렇게 되었던가.'

그는 깊은 고민에 잠겼고.

도수 역시 오늘 당장 결론이 날 대화라고 생각하지 않았기에 세 사람에게 말했다.

"충분히 고민해 보고 결정해서 알려주세요. 세 분이 어떤 결정을 내리시든 존중합니다. 저는 천하대로 갈 테지만요."

그는 먼저 일어났다.

"그럼 식사하고 오십시오. 병원에 들어가 있겠습니다."

인사한 도수는 몸을 돌려 찌개집을 나왔다. 아직 아로대학병원에서 할 일이 끝나지 않았다.

*　　　　*　　　　*

아로대학병원 병원장은 제자리를 서성이고 있었다. 천하대병원 병원장으로부터 도수가 다녀간 사실을 들었다. 동시에, 긴급 교수 회의가 소집됐다는 소식을 받은 참이었다.

"그 자식이 천하대 이사장한테는 왜……."

그는 참지 못하고 직접 응급실로 내려갔다. 그리고 그를 발견하고 공손하게 인사하는 아무나 붙잡고 물었다.

"이도수 선생은?"

"오늘 오프입니다."

"병원엔 안 왔나?"

간호사가 잘 모르겠는지 후임 간호사를 보았고, 그 눈길을 받은 간호사가 말했다.

"그게… 아까 간이식 수술 환자 보러 가신 것 같기도 한데… 확실한 건 아니고요."

"고맙네."

병원장은 다시 몸을 돌려 회복실로 갔다. 얼마 만에 진땀이 날 정도로 조급하게 돌아다니는 건지. 회복실 문을 열자 담당 환자를 체크하고 있는 도수가 보였다.

"이도수 선생."

도수가 고개를 돌렸다.

"오셨습니까."

얄밉게도.

당황하지도 않는다.

마치 기다렸다는 듯.

"잠깐 나 좀 보지."

"그러시죠."

두 사람은 회복실을 나섰다.

복도에 들어서자마자 병원장이 물었다.

"천하대병원에는 왜 갔지?"

역시 병원장은 아버지와 논문에 대해선 알고 있었지만, 어머니의 존재를 몰랐다.

그 순간 도수는 앞뒤 정황이 큐브처럼 맞춰졌다.

아버지 이야기가 나올 때마다 이사장이 보이는 반응을 봐선 부모님의 결혼을 반대했을 가능성이 컸다. 그들의 행선지를 몰랐다는 것도 그 가설에 밑받침이 된다.

그래서 남몰래 식을 올리자마자 바로 다른 곳으로 떠났을 것이다.

이제야 모든 정황이 맞아떨어졌다.

'그리고 또 하나.'

어머니의 존재를 모른다는 건, 아버지가 결코 병원장과 친분이 깊지 않다는 의미였다.

친분이 깊지 않은 상대한테 평생을 바칠 각오가 되어 있는 논문을 맡긴다?

논문을 숨겼던 것도 그렇고.

아버지가 아닌 타의에 의해 병원장의 손에 들어갔을 확률이 컸다.

찰나의 순간 수많은 생각이 스쳐 지나간 도수가 입을 열었다.

"소식 한번 빠르네요."

"내가 묻는 말에 대답하지, 이도수 선생."

병원장이 이름을 딱딱 끊어 부르는 게 영 심상치 않았다.

하지만 이 정도는 앞으로 도수가 할 말에 비하면 아무것도 아닌지라, 그는 평온하게 제안했다.

"서로 하나씩 대답하기로 하죠."

"뭐?"

"저도 무척 궁금한 게 있습니다. 제가 제 부모님과 관련된 일에 의문을 품는 건 이치에 어긋나는 게 아니니 지위 고하를 막론하고 여쭤보겠습니다."

"지금 무슨……."

"바티스타를 개량해 디씨엠 환자를 완벽에 가까운 확률로 치료할 수 있는 수술법을 제안한 논문을 왜 막으셨습니까?"

"……!"

"그 논문은 제가 이미 완성시켰습니다. 아버지, 어머니가 세계를 돌아다니며 완성시켰던 수술법보다 더 완벽한 수술법을 만들었고요."

"네가 그걸 언제……."

병원장은 말을 하다 말았다. 어찌나 놀랐는지 말이 헛나온 것이다. 그도 그럴 것이 바티스타 수술에 적합한 환자를 찾아주겠다 약속했을 때까지만 해도 도수가 직접 시도할 수 있다고는 생각지 않았다. 제대로 알아봐 줄 생각도 없었지만, 만약 제 발로 바티스타 수술을 받겠다는 환자가 온다 해도 성공 확률이 높은 논문을 읽어본 것과 실제 수술하는 건 차원이 다른 문제였다.

간이식과는 전혀 다른 부위와 방식의 수술.

"…그 말이 사실이라고 치자. 네가 그 수술을 할 수 있다고?"

"네. 이제 제 질문에 대답해 주시죠. 왜 막으신 겁니까?"

"……."

병원장은 이번에도 대답하지 못했다.

나지막이 한숨을 내쉰 도수가 말했다.

"제 존재를 알고도 논문을 주지 않으신 걸 보고 짐작했는데, 역시 일부러 숨기신 게 맞군요."

"그건……."

말을 잇지 못하자 도수가 덧붙였다.

"이유는 제가 알아보겠습니다. 그리고 병원장님이 듣고 싶으신 부분에 대한 답변을 드리죠. 변수가 없다면 저는 천하대학병원 응급외상센터장으로 갑니다."

"뭐……?"

응급외상센터장이라니?

천하대에서 타 학교 인재를 전문의로 받아주는 것도 모자라, 과장급과 동급인 응급외상센터장에 앉힌단 말인가?

자신에게 그럴듯한 조건을 내걸었던 도수에 대한 배신감보다 당혹감이 앞섰다. 얼마나 놀랐으면 열도 안 받는다.

그야말로 멍해진 병원장을 향해.

두 눈을 똑바로 직시한 도수가 말을 이었다.

"…그건 부차적인 이유였습니다. '왜 갔냐'는 질문에 대한 대답은 천하대학병원 이사장님께서 제 할아버지라서 '할아버지를 만나러 갔다'는 대답이 더 어울릴지도 모르겠네요."

"할아버지가… 누구라고?"

병원장은 자기 귀를 의심했다.

라크리마에서 온 도수의 할아버지가 천하대 이사장이라?

뜬금없어도 이건 너무 뜬금없지 않은가.

"그걸 지금 나보고 믿으라는 거냐?"

완전히 멘탈이 붕괴된 병원장이 아무렇게나 던지자 도수가 대답했다.

"믿으시든 안 믿으시든 상관없습니다."

"하."

병원장은 기가 막혔다.

천하대병원이 어떤 곳인가?

대한민국에서 첫손가락에 꼽히는 병원이다.

"그래, 그렇다 치자. 그런 놈이 왜 우리 병원에 왔어?"

그 순간 도수의 표정이 바뀌었다.

"그게 마음에 안 들면 왜 내 아버지의 논문을 갖고 계셨습니까?"

"……!"

"당신은……."

입을 뗀 도수가 천천히 말을 이었다.

"당신만큼은 날 똑바로 쳐다보지 말았어야지."

그는 한 걸음 성큼 다가갔다.

병원장이 움찔하는 찰나 그가 한마디 덧붙였다.

"날 만난 순간, 당신이 훔친 논문을 들고 부리나케 달아났어야지."

"너……."

"날 이용하려 들지도 말아야 했고."

"……."

병원장은 도수의 두 눈을 감히 마주 볼 수가 없었다. 그런 볼품없는 모습을 빤히 응시하던 도수는 주먹에 힘을 풀었다.

부모님이 객지에서 그렇게 돌아가셔야만 했던 것.

그 근본적인 원인을 파악해 보면 모든 비극은 눈앞에 서 있는 병원장이 손에서 시작되었다.

그래서 원인은 원한이 됐다.

"…지금은 아닙니다."

그렇게 말한 도수는 품 안에서 봉투 한 장을 꺼냈다. '사직서'라고 쓰여 있는 봉투를.

"제도적으로 인턴은 초임지에서 일 년을 채워야 하죠. 그래서 전 그만두고 천하대로 가겠습니다."

"…이래 놓고… 내가 사표 처리를 해줄 거라고 생각하나?"

병원장은 이를 바득바득 갈고 있었다. 한순간 느낀 두려움이 그의 자존심을 무너뜨렸다. 그렇게 공포는 분노가 됐다.

하지만 그 분노는 도수를 막지 못했다.

"그럼 저를 끼고 계시려고요?"

"……."

병원장은 차마 '그렇다'고 대답하지 못했다. 아군은 가까이 두고 적은 더 가까이 두라는 말이 있다. 그러나 품는 순간 찔리는 고슴도치 같은 놈은 최대한 멀리하는 게 최선이었다. 그가 지금까지 보아왔던 도수는 그야말로 무슨 짓을 할지 모르는 상대였으니까.

"그럼."

고개를 살짝 숙인 도수가 미련 없이 몸을 돌렸다.

뚜벅, 뚜벅, 뚜벅…….

그가 멀어졌지만.

병원장은 다시 불러 세울 수 없었다. 만약 그를 잡았다간 그 순간 감당치 못할 일이 벌어질 것 같은 느낌을 받은 것이다.

분명 일순 그런 느낌이 들었는데도, 느낌은 짧고 생각은 금방 바뀌었다.

"건방진 새끼."

병원장은 작정을 했다.

상대가 지금도 감당하기 벅찬 적이라면, 품지 못하는 이상 밟아버려야겠다고.

* * *

"후우."

도수는 힘을 뺐다.

병원장의 뻔뻔한 낯짝을 보는 순간 자기도 모르게 분노가 치민 것이다.

하마터면 그 면상에 주먹을 날릴 뻔했다.

'그렇게 쉽게 분풀이를 할 순 없지.'

병원장이 문제가 아니었다.

결국 막은 건 보건복지부.

일개 아로대학병원 병원장이 감 놔라 배 놔라 할 수 없는 단체다.

즉 뭔가가 더 있다는 뜻.

마음을 다스린 도수는 어머니의 죽음을 목격했던 소아 환자에게로 갔다.

혈액응고장애를 가진 상태에서 끔찍한 사고를 당해 생명이 위험했던 남자아이는 수술 부위와 상처 부위를 거즈로 감싼 채 회복하고 있는 중이었다.

"유빈."

도수가 이름을 부르자 남자아이의 눈동자가 움직였다.

"힘들겠지만 밤에도 최대한 뒤척이지 말고 바르게 누워서 자야 한다. 간호사 누나가 주는 약 잘 챙겨 먹고."

유빈이 고개를 살짝 끄덕였다. 그런데 그 순간. 아이 눈시울이 붉어지며 닭똥 같은 눈물이 뚝뚝 흘렀다. 눈가를 훔치며 참는 듯한 숨소리를 내더니 이내 고개를 돌린다.

"……."

엄마의 죽음을 받아들이는 과정인 것이다.

돌아서려던 도수는 간이침대에 엉덩이를 붙이고 앉았다.

아마 칠 년 전 자신도 이 아이와 똑같은 표정으로 울고 있었을 것이다.

부모님을 잃고 전쟁터를 전전하던 나날들이 주마등처럼 스쳐 지나갔다.

도수가 그랬듯.

이 아이 역시 자신만의 전쟁을 치러야 할 터였다.

비록 환경은 달라도 아픔을 견뎌내야 한다는 사실만은 같다.

아직 여물지도 않은 심장에 커다란 흉터를 새기고 살아가야 한다는 것만은 다를 바 없었다.

그래서 한참을 말없이 앉아 있던 도수는 아이를 향해 입술을 뗐다.

"하나만 잊지 마."

아이가 고개를 살짝 돌리며 도수를 보았다.

맑은 눈을 응시한 도수가 덧붙였다.

"엄마가 널 지켜보고 있을 거라는 거."

"……."

"엄마는 항상 네 곁에 계실 거다."

"…흐극."

참던 눈물이 터졌다.

유빈은 한참을 꺽꺽대며 울었다.

가만히 듣고 있던 도수는 아이가 눈물을 그칠 때쯤 되어서야 몸을 일으켰다.

바로 그때.

유빈이 도수의 소맷자락을 잡았다. 엄마를 살려달라고 울며 붙잡았던 그 손으로.

"…감사합니다……."

유빈의 한마디.

인사성이 밝은 아이다.

도수는 머리를 녀석의 헝클어뜨린 후 저벅저벅 병실을 나섰다. 그리고 병실 앞 스테이션으로 가서 물었다.

"김유빈 환자. 가족은요?"

"아, 선생님. 그게… 연고가 전혀 없어요. 엄마랑 단둘이 살았던 것 같은데… 아빠는 연락 끊긴 지 오래라고 하고요. 위자료만 조금씩 보내줬던 것 같아요."

"그럼 어떻게 되는 거죠?"

"일단 안정을 찾고, 회복하면 복지시설로 이관되겠죠."

병실 문을 응시한 간호사가 덧붙였다.

"참… 딱해요. 저런 아이들을 보면."

"……."

도수는 몸을 돌려 환자들이 가득 찬 병실을 지났다. 이번 붕괴 사고는 오래된 주공아파트에서 생겼다. 그 때문에 사상자들의 태반은 경제 상황이 열악한 이들이었다. 이런 사람들 중 대부분은 수술을 받고 살아난다 해도 새로운 걱정이 시작된다. 돈 걱정. 치료비 때문에 가족들은 빚을 지고 부담을 떠안는다. 비극에서 벗어난 순간 새로운 비극이 시작되는 것이다.

그렇다고 하더라도.

그래도 좋으니 살려만 달라고 하는 사람들이 대다수였다.

하지만 의사가 할 수 있는 건 딱 거기까지.

해야 할 일도 거기까지다.

환자의 인생 전부를 책임지고 소생시킬 수는 없는 것이다.

'…물론 예외도 있지만.'

도수는 맞은편에서 걸어오는 김광석을 보았다. 병원 내 풍문에 의하면 저 사람은 위급한 환자를 치료하다 진 빚만 8억이라고 한다. 나이 오십에 빚이 8억. 누가 들으면 실패한 삶이었지만 그는 의사고, 지금도 하루하루 생명을 구하고 있었다.

우뚝.

도수가 걸음을 멈췄지만 김광석은 그를 스쳐 지나갔다. 그리고 그 순간, 바람결에 한마디를 남겼다.

"한 시간 후에 레지던트 둘과 내 방으로 와라."

고개를 돌려 김광석의 뒷모습을 좇던 도수는 입가에 미소를 드리웠다.

'드디어.'

결정을 내린 것 같다.

그렇게 여긴 도수는 이시원과 강미소를 부르기 위해 응급실 스테이션으로 갔다.

*　　　　*　　　　*

오늘도 임재영은 스테이션에 콕 박혀 있었다. 언제든 환자가 들어오면 초진과 함께 콜이나 노티를 하기 위해서.

"이시원 선생님, 강미소 선생님은요?"

도수였다.

"오늘 자주 찾네. 두 분 다 양 교수님 환자 2차 수술 들어가셨어. 금방 끝나실 거야."

"이 밤에요?"

"엉. 비상 상황이잖아. 아무도 퇴근 못 하고 있다고. 수술실도 가득 찼고."

밖에는 밤이 왔는데 병원 안은 여전히 한낮이었다.

붕괴 사고로 인해 환자들 수술 스케줄이 꼬인 것이다.

그나저나 이런 비상시국에 오프를 주다니.

"근데 왜 오프를……."

"인턴이 그런 큰수술들을 했으니 김 교수님이 특별히 생각해서 주신 거지. 비상 상황이긴 해도, 응급수술은 없으니까 스케줄만 조절하면 소화 가능하잖아."

"그러다 응급 오면요?"

"김 교수님 계시잖아."

하긴.

김광석 정도면 웬만한 상황은 혼자서 감당할 수 있다. 어느 정도 납득이 된 도수가 못다 즐긴 휴일의 한 시간을 공부로 때우기 위해 걸음을 옮기려던 그때.

밖으로부터 사이렌 소리가 들려왔다.

그러자 임재영이 인심 쓴다는 표정으로 말했다.

"신경 쓰지 말고 가봐. 내가 알아서 할게."

"환자 상태 보고요."

그 순간 구조대원들이 스트레처 카를 밀면서 들이닥쳤다.

"67세 환자입니다! 혈압 급격히 오르고 있고……."

임재영의 얼굴이 하얗게 질렸다. 환자 상태는 한눈에 봐도 심각해 보였기에, 그는 환자 곁에 붙어서 물었다.

"환자분? 환자분!"

"아이고, 아이고……."

대화가 가능한 상태가 아니었다.

환자는 정신을 차리지 못할 정도로 극심한 통증을 호소하고 있었다.

"이게……!"

혼자 어찌할 수 없는 상황.

임재영은 서둘러 콜을 하기 위해 스테이션으로 뛰어갔다.

그때 이미 도수는 투시력을 쓰고 있었다.

샤아아아아아아아.

환자의 복부가 눈에 들어왔다.

복부대동맥류.

압력이 센 대동맥 내 혈관벽의 일부분이 약해져서 풍선처럼 부풀어 오르는 현상이다.

이러다 터져 버리면?

쇼크가 올 테고, 환자는 몇 분 내에 사망할 것이다.

그때 귓가로 구조대원의 목소리가 들려왔다.

"복통이 심하고 복부에서 심장이 뛰는 것 같은 느낌을 받으셨다고… 구토와 어지러움증도 호소했었습니다!"

이미 대동맥은 부풀대로 부풀어서 당장에라도 터져 버릴 것 같았다.

시간이 없다는 의미.

도수가 고개를 돌리며 외쳤다.

"피!"

그리고 거듭.

"O형 피 주세요! 빨리!"

그 외침이 어찌나 다급했던지 간호사들이 일사불란하게 움직였다.

도수의 머리도 바쁘게 굴러갔다.

'수술실은 없다.'

그럼 대체할 곳이 필요하다.

"처치실."

중얼거린 도수가 지시를 내렸다.

"이 환자 지금 당장 수술 들어갑니다! 현미경이랑 확대 모니터 필요 없으니 스텐트 그라프트(Stent-Graft: 인조혈관)! 빨리! 수술복이랑 수술 도구, 수혈 팩도 최대한 많이 받아서 처치실로 가져오세요!"

그러고는 구조대원들과 함께 스트레처 카를 밀며 처치실로 내달렸다.

도착했을 땐 이미 환자가 의식을 잃은 상태였다.

쇼크.

"……!"

배도 서서히 부풀어 오르고 있다.

이 두 가지 증상이 의미하는 바는 하나.

이미 대동맥이 터진 것이다.

“젠장.”

샤아아아아아.

투시력이 발현된 도수의 시야로 배 안에 가득 찬 핏물이 들어왔다.

곧 수혈 팩과 수술 도구를 든 간호사들이 들이닥치고.

도수는 망설임 없이 메스를 꺼내 들었다.

“후우.”

환자의 배를 열어야 한다.

“출혈 심할 거예요. 긴장합시다.”

간호사들의 얼굴이 돌처럼 굳어졌다.

지금 이 자리에서 배를 열었다가 사망할 경우 큰 문제가 될 수 있는 것이다.

“선생님! 아무리 그래도 처치실에서…….”

“감염은 어떻게 하시려구요!”

우려 섞인 외침에 도수가 수술복을 입으며 대답했다.

“일단 살려놓고 보죠.”

“……!”

대동맥류는 한번 터지면 절반 이상 무조건 사망하는 질환.

상식적으로 생각하면 도수 손에서 처리할 문제가 아니었지만, 김광석이나 다른 누군가가 올 때까지 기다린다면 환자가 죽을 확률은 거의 백 퍼센트였다.

하지만 콜을 하고 돌아온 임재영과 다른 환자를 보러 내려왔던 레지던트, 그리고 간호사들은 발만 동동 구르며 지금 상황을 지켜보고 있을 뿐이었다. 아니, 오히려 도수를 말리려 들었다.

"미쳤어? 여기서 배를 열려고?"

수술 이후 은근히 도수를 조심스러워하던 임재영이 눈을 부라리며 외쳤고.

레지던트 역시 도끼눈을 뜨며 소리를 질렀다.

"그 환자 건드는 순간 독박이야! 미친 짓 하지 마!"

하지만 지금 이 순간.

도수에게 가장 중요한 건 누군가의 어머니이자 아내이자 할머니일 노인을 살리는 것뿐이었다. 그래서일까?

도수는 환자 배로 메스를 가져갔다.

그리고.

스으윽……!

배를 째는 순간.

안으로부터 시뻘건 핏물이 넘쳐 올랐다.

촤악!

*　　　*　　　*

"피……!"

주위 사람들이 비명 같은 신음을 내질렀다.

그러나 누구도 도수를 막지 못했다.

"거즈!"

그는 거즈를 배 속에 쑤셔 넣었다가 밖으로 집어 던졌다. 그러자 순식간에 피로 물든 거즈가 날아다녔다.

철퍽!

"거즈 더!"

철퍽! 철퍽!

바닥에 늘러 붙는다.

이런 상황에.

다른 과 레지던트는 두 손 놓고 있을 수밖에 없었다.

'씨발…….'

그는 정형외과.

애초에 나설 재주도 없을뿐더러 도수가 칼을 댄 이상, 누구도 막을 수 없는 상황이었다.

나서서 어시스트라도 서지 않는 이유는 또 있다.

만약 허가도 없이 수술한 이 환자가 사망할 경우, 공동책임을 피할 수 없는 것이다.

그렇다고 위험하게 한창 칼질 중인 사람을 건드릴 수도 없는 노릇.

"미치겠네……."

그러나.

생각이 다른 사람도 존재했다.

"제가 할게요!"

어느새 수술복을 입은 임재영이 간호사에게 거즈를 빼앗아 도수에게 건네주고 있었다.

철퍽!

인턴 집도에 인턴 어시스트!

이 무슨 기형적인 상황이란 말인가?

하지만 정작 도수는 신경도 쓰지 않았다. 그에게는 임재영이나 타과 레지던트 눈치를 볼 여유가 없었다. 단 하나, 환자를 위해서 나선 그는 이미 수술에 완전히 몰입한 상태였다.

손바닥 두 개만 한 공간.

그 속에서 대동맥을 정확하게 찾아내야 한다.

그렇게 좁은 공간 안에 수술 도구들을 집어넣고 놀려가며 수술해야 하는 것이다.

뭐 하나만 실수로 잘못 건드려도 돌이킬 수 없는 참사가 벌어지는 게 수술.

그럼에도.

도수의 손놀림은 빠르고 정교했다.

동시에 투시력도 점점 강해졌다.

샤아아아아아.

대동맥의 압력은 굉장했다. 그로 인해 약해진 혈관벽이 풍선처럼 부풀다 터진 것이 이 환자.

콸콸!

출혈은 폭포처럼 지속되고 있었다.

수혈 팩을 매달고 피를 짜도 혈압이 떨어지는 걸 막기란 역부족이었다.

그래서 방법은 하나.

수술 시간을 단축시키는 방법뿐이다.

지금 상황에서 믿을 건 도수의 귀신같은 수술 솜씨뿐인 것이다.

턱!

단번에 대동맥을 잡아낸 도수는 클램프로 혈관을 집었다. 그러자 일시적으로 피가 멎었다. 피가 멎은 건 좋은데, 다리로 흐르는 피를 막았으니 지체되면 괴사가 올 수 있다.

"후."

짤막한 한숨을 뱉은 도수는 예리한 메스 날로 터진 혈관의 입구에 흠집을 냈다.

인조혈관 삽입술을 하기 위해서다.

이내 그의 입이 열렸다.

"스텐트 그라프트(Stent—Graft: 인조혈관)."

고개를 끄덕인 임재영이 인조혈관을 건넸다.

이 인조혈관의 생김새는 철사를 겹쳐놓은 듯 복잡한 구조였는데, 평소에는 커버를 덮어놓은 우산처럼 접혀 있었다.

도수가 스텐트 그라프트를 받아 들자, 수술 경험이 많은 간호사가 물었다.

"서, 선생님… 스텐트 삽입술을 하시려고요……?"

"네."

"아……."

간호사의 표정에 당혹감에 사로잡혔다. 원래 스텐트 수술은 얇은 철사같이 생긴, 접힌 인조혈관을 대동맥 안으로 넣어서 펼치는 방식이었다.

당연히 육안으로 진행하기에는 노련한 의사도 무리가 있다. 그런데 도수가 현미경이나 확대 모니터도 없이 이 수술을 하겠다니 놀랄 수밖에 없었다.

하지만 그녀가 한 가지 간과한 점이 있었으니.

샤아아아아아아.

도수는 투시력을 극도로 끌어올린 상태였다. 그 상태에서 시야를 흐리던 핏물까지 거즈로 싹 다 빨아내 제거해 버렸으니 이제 방해하는 건 아무것도 없었다.

도수는 한마디로 그녀를 안심시켰다.

"할 수 있습니다."

그저 한마디일 뿐인데.

간호사는 묘하게 안심이 됐다.

이미 도수의 수술에 들어가 본 경험이 있는 것이다.

정작 어이없는 건 지켜보고 있던 레지던트였다.

'뭐야? 정 간호사가 한마디에 입을 다문다고?'

아무리 수술 중이라고 해도, 기운 센 정 간호사는 이런 사람이 아니었다.

그러든 말든 도수는 거침없이 수술을 진행했다. 철사처럼 생긴 스텐트 그라프트를 대동맥 안으로 쑤셔 넣은 뒤 투시력으로 관찰하며 터진 위치까지 밀어 넣었다. 그다음.

스으윽.

우산을 편 상태로 감싸고 있던 비닐을 벗겨내듯 스텐트 그라프트의 커버만 빼냈다. 그러자 스텐트 그라프트가 우산처럼 펼쳐지며 대동맥의 터진 부분을 대신했다.

대동맥과 비슷한 크기의 스텐트 그라프트가 대동맥 혈관에 펼쳐지자 저절로 고정이 됐다.

"휴!"

여기저기서 안도의 한숨이 터져 나왔다.

"역시……!"

임재영이 외쳤고.

간호사들도 저마다 엄지를 추켜세웠다.

그러나 도수는 그들을 일별했을 뿐, 일일이 반응하지 않고 수술을 마무리했다.

혈관을 집고 있던 클램프를 제거해 다시 다리로 혈류가 흐르도록 하고 배를 닫았다.

귀신 같은 타이 솜씨에 정형외과 레지던트가 입을 딱 벌렸다.

"헐……."

이야기는 누차 들었지만 이렇게 직접 보고 나니 그 속도가 믿기지 않았다.

그야말로 총알같이 신속하다.

슥, 스윽.

아주 간단하게… 살을 꿰맨다.

'우리 병원 레지던트들을 통틀어도 저렇게 쉽게 하는 사람은 없을 텐데… 아니, 속도는 교수님들보다 더 빠른 것 같고. 정교함도…….'

자기도 모르게 불경한 생각을 하던 레지던트는 고개를 세차게 흔들었다.

"후우! 진짜 미치겠네."

임재영이 실실 쪼개며 눈을 흘겼다.

"선생님, 도수 실력 직접 보시니 어떠세요? 장난 아니죠?"

"야, 임재영."

레지던트의 표정이 돌변했다.

"내가 네 친구냐? 그 표정 뭐야?"

"…죄송합니다."

입을 삐죽 내민 임재영이 고개를 돌렸다.

'도수한테 턱도 안 되니까 괜히 나한테 지랄은…….'

그사이 타이를 마친 도수가 말했다.

"항생제랑 수액 처방할게요. 지켜보자고요."

장갑을 벗자, 간호사들이 고개 숙여 인사했다.

"와, 완전 과장 포스……."

임재영이 다시 한번 말했고.

정형외과 레지던트가 눈알을 부라렸다. 하지만 그는 걸어 나오는 도수를 막진 못했다. 눈을 피하며 은근슬쩍 비켜준 것이다.

'역시 나한테만 지랄하는 거였네.'

임재영은 다시금 속으로 구시렁댔고.

도수는 굳은 표정으로 수술실이 되어버린 처치실을 나섰다.

*　　*　　*

‘이걸 빌미 삼겠군.’

수술실을 잡지도 않고 임의로 수술을 했다. 환자는 살렸지만 병원장이 직접 문제 삼으려면 얼마든 문제 삼을 수 있는 사안이었다.

물론 이건 병원 내 문제일 뿐 환자 쪽에서 고소하지 않는다면 강력한 처벌을 받진 않을 것이다.

그런데 공교롭게도 지금 도수는 사표를 낸 상태이니, 병원 내 문제에 휘말리지 않아도 된다.

바로 이게 진짜 문제가 되는 이유였다.

‘너무 선불렀다.’

원래 마지막 순간에 내려던 사표였다.

그런데 한순간 감정이 복받쳐 선택한 작은 실수가 책잡힐 만한 결과를 초래한 것이다.

“…젠장.”

조금만 꼼수를 부려서 사직서를 받은 즉시 퇴사 처리 통보를 했다고 주장하면 도수는 소속 병원도 없이 남의 병원에서 수술한 의사가 돼버린다.

이건 예상치 못했던 일이고, 도수도 해결할 수 없는 상황이었다.

하지만 그렇더라도 수술하기 직전으로 돌아간다면 그는 다시 메스를 잡을 터.

지금은 히든카드를 써야 할 때였다.

'병원장 패를 보고 써먹으려고 했지만.'

이 상황을 타파하려면 어쩔 수가 없다.

도수는 이시원과 강미소가 막 내려오는 장면을 목격했으나 모르는 척 병원 뒤편 공터로 향했다. 지금 당장은 두 사람과 김광석을 만나러 가는 일이 중요한 게 아니었다.

공터에 도착한 도수는 핸드폰을 샀을 때 등록하고 한 번도 걸지 않았던 번호로 전화를 걸었다.

뚜르르르르. 뚜르르르르.

신호가 가고.

이내 한 사람이 전화를 받았다.

—장성민입니다.

도수가 자신을 밝혔다.

"이도수입니다."

—이도수?

"네. 국시 수험장에서 아드님 응급조치를 했던."

—아……! 그렇잖아도 가끔 생각이 났었네. 연락이 없어서 이대로 못 보나 했는데……. 시험 결과를 알아보니 국시에는 합격했다더군.

"네."

—정말 대단하군. 그런 상황을 겪고도…….

"그보다."

이런 시시콜콜한 대화를 하려고 건 전화가 아니었다. 도수는 대충 추임새를 맞추며 물었다.

"전에 부탁이 생기거든 연락하라고 하셨죠?"

—…….

놀랐는지 잠시 말이 없던 장성민의 들뜬 목소리가 들려왔다.

—오늘 반가운 일이 두 개나 있군. 내가 은혜를 갚을 기회가 생기는 건가?

"잊지 않으셨군요."

—내 아들 목숨값을 어떻게 잊겠나?

"그럼 부탁드릴 게 있습니다."

도수는 병원장과 자신 사이에 얽힌 내막을 시시콜콜한 것까지 모두 이야기했다.

그렇게 한 시간 가까이 통화했을 때.

듣고만 있던 '법무법인 명인'의 대표 장성민이 대답했다.

—자넨 아무 걱정 말고 의료 활동에만 전념하도록 해. 자네가 그럴 수 있도록 만들어줄 테니까.

인체에 대해 가장 잘 아는 건 의사고, 법에 대해 가장 잘 아는 건 법조계 사람이다. 게다가 장성민은 그냥 법조계 사람도 아닌 국내에서 손꼽히는 로펌의 대표.

도수는 그의 대답을 믿었다.

"그럼 부탁드리겠습니다."

—그래. 내일까지 내가 기자들 데리고 직접 병원으로 갈 테니 아무 걱정 말고 일 보고 있게. 아로대학병원을 떠나려면 준비할 게 많을 테니.

너무 간단하게 말해서 정말 아무런 걱정이 안 된다.

도수는 전화를 끊고 몸을 돌렸다. 다시 병원으로 돌아가는 길, 그의 마음은 가벼워져 있었다.

'병원 법무팀과 내가 싸우면 진다.'

이건 당연했다.

도수가 아무리 대단한 변호사를 고용해 봐야 한계가 있을 테니까.

'법무법인 명인과 병원 법무팀이 싸우면 명인의 압승이다.'

이것도 당연했다.

법을 주무르는 건 의료계가 아닌 법조계니까.

그리고 마지막 가장 중요한 팩트가 있었다.

'병원장은 구린 구석이 많아.'

진흙탕 개싸움이 되는 순간 털릴 건 병원장이다. 도수야 병원 내규를 어기고 수술을 했다지만 병원장은 그게 아니다. 살아온 세월이 길어서, 한국에 살았던 시간이 길어서, 일급수와 구정물이 같이 흘러드는 병원장이란 직무를 수행해서, 그리고…….

아버지의 논문을 빼돌렸던 것까지.

제풀에 겁을 집어먹고 물러설 수밖에 없다.

"이직 한번 더럽게 힘드네."

거칠게 뱉은 도수가 응급실 문을 열고 들어갔다. 그의 앞에는 응급실 식구들이 딱딱한 표정으로 기다리고 있었다.

"어디 갔다 와?"

"대체 무슨 짓을 한 거야?"

이시원과 강미소가 동시에 물었고.

도수가 대답했다.

"환자 살렸습니다."

"그걸 누가 몰라서 물어? 그렇다고 수술실도 아닌 곳에서 수술을 하면……."

"수술실은 없었고 환자는 일이 분만 지체됐어도 사망했을 거예요."

"……."

강미소가 입을 닫자 김광석이 말했다.

"자세한 얘기는 아직 듣지 못했다. 네가 나섰다면 그럴 만 했겠지."

도수가 아무 말도 하지 않자 그가 덧붙였다.

"병원장님을 만나고 왔다. 네게 유감을 가지고 계셔. 이번 일이 발목을 잡을 수도 있을 것 같다."

"그럼 큰일 아니에요?"

나선 건 이시원이었다.

그는 마치 자기 일처럼 눈을 부릅뜨고 말을 이었다.

"아니, 얘기 들어보니 다 죽어가던 환자를 살린 것 같은데 그게 문제가 되다니요."

"……."

침묵에 잠긴 네 사람.

먼저 입을 뗀 건 도수였다.

"문제없을 겁니다."

문제는…….

병원장에게 생길 것이다.

*　　　*　　　*

그 순간.

도수의 가운 주머니에서 진동이 울려 퍼졌다.

지이이이잉. 지이이이잉.

도수가 핸드폰을 꺼내 들었다.

[할아버지]

네 글자가 액정 위로 드러났다.

"잠시… 전화 좀 받겠습니다."

도수가 통화 버튼을 누르자 수화기 뒤편에서 낯익은 목소리가 들려왔다.

—나다.

이사장이 말했다.

—지금 막 회의를 끝내고 나오는 길이야. 반대도 많았지만 네가 원했던 것들을 모두 수용하기로 결론이 났다.

"알겠습니다."

—언제 출근할 생각이냐?

"연락드리죠."

—…그래. 준비되는 대로 연락하거라. 너무 늦지 말고.

"네."

전화가 끊어졌다.

핸드폰을 내린 도수는 자신을 뚫어져라 보고 있는 세 사람에게 말했다.

"결정됐습니다. 가시죠."

"……."

김광석은 도수에게 더 캐묻지 않고 세 사람과 함께 자신의 연구실로 갔다.

레지던트 둘, 인턴 하나. 그리고 김광석 교수가 둘러앉았다.

응급실 인력 절반이 빠진 셈이지만, 양진명 교수와 임재영이 자리를 지키고 있었기에 가질 수 있는 여유였다. 물론 그들의 마음은 조금도 여유롭지 못했다. 팽팽한 분위기를 깨고, 김광석이 첫마디를 뗐다.

"우선 두 사람한테 묻지."

그는 레지던트 둘을 응시했다.

"각자 마음들은 정했나?"

김광석의 말에 두 사람이 동시에 말했다.

"가고 싶습니다."

"전 가고 싶습니다."

말이 엉키자 이시원이 불현듯 강미소를 보며 농담을 던졌다.

"요즘 죽이 잘 맞네요."

강미소가 인상을 쓰며 쏘아보고 이시원이 깨갱 하는 사이.

고개를 끄덕인 김광석이 입을 뗐다.

"나도 결심이 섰다."

그러고는 도수를 봤다.

"…천하대병원 근처 학군이 그렇게 좋다던데. 가족들과도 상의를 끝냈다."

진짜 그 이유였다면 진작 이사를 가겠지만.

비로소 셋 다 천하대병원으로 가는 데 동의한 셈이다.

도수는 마지막으로 다시 한번 확인했다.

"확실히 결심이 서신 건가요?"

세 사람이 고개를 주억거렸다.

모든 게 확고해지고 나서야 도수도 숨김없이 밝혔다.

"저는 천하대병원 이사장님의 손자입니다."

"……!"

김광석을 제외한 레지던트들은 기겁했다.

"엉……?"

"뭐어어?"

차분한 표정의 김광석을 발견한 강미소가 물었다.

"설마 교수님은 알고 계셨던 거예요?"

"그래."

"와아, 어떻게 이런 일이……."

공증인이 있으니 거짓은 아닐 테지만.

두 레지던트는 쉽게 납득하지 못했다.

하지만 그건 시작에 불과했다.

"제가 처음 아로대학병원에 온 이유는 아버지의 논문을 되찾기 위해서입니다. 병원장이 그걸 막았고요. 아직 자세한 내막을 알려 드릴 순 없지만 오늘 그에 관한 기자회견을 열 생각입니다."

"……!"

이번에는 김광석도 눈을 치떴다. 아버지의 논문에 대한 것은 전에도 들었던 이야기. 병원장이 가지고 있다는 걸 알려준 사람도 그였다.

"그럴 리가… 병원장님은 내게 자신이 논문을 가지고 있다고 직접 말씀하셨는데?"

"빼돌리려 했습니다. 가짜를 주려 했을 수도 있고요. 저는 다른 경로로 그 논문을 입수했습니다."

이번에는 강미소가 나섰다.

"제가 넘겼어요. 그 논문."

그녀가 직접 밝히니 도수도 고개를 끄덕였다.

"맞습니다."

복잡한 표정이 된 세 사람.

그나마 아로대학병원을 떠나기로 결심한 후였기에 망정이지, 그렇지 않았다면 더 큰 충격을 받았을 터였다. 하지만 모교 병원에 이런 문제가 있다는 사실이 기쁜 사람은 없었다.

그들의 기분을 이해한 도수는 더 이상 대화를 진행하지 않았다.

"전 환자들 보고 양진명 교수님한테 가보겠습니다. 그동안 제가 맡았던 환자들 인수인계를 하려고요."

"…그래."

김광석의 허락을 받은 도수는 먼저 자리에서 일어났다.

연구실을 나선 그는 자신이 맡았던 응급환자들을 죽 돌아보고, 응급실이 한산한 시간이 되어서야 양진명 교수의 연구실로 갔다.

양진명은 수술복을 입은 채 짜장면을 먹고 있었다.

후루룩!

"음?"

도수의 얼굴을 본 그는 뜻밖이란 표정으로 맞은편 소파를 가리켰다.

"좀 앉아. 아침 전인가?"

"아침을 먹기엔 좀 이른데요."

"아침 되면 환자들이 또 들이닥칠 텐데 미리 든든하게 배 채워놔야지."

"이제 저녁 식사 아니시고요?"

"…그랬나? 기억이 잘 안 나는군."

양진명은 피식 웃었다.

어제 몇 끼를 먹었는지, 뭘 먹었는지도 선뜻 기억이 안 났다.

환자에 대한 걸 잊지 않는 것을 보면 치매는 아닌데 응급실이 워낙 정신없이 돌아가다 보니 쓸데없는 것들에 뇌가 반응을 안 했다.

시계를 본 그가 말을 이었다.

"벌써 시간이 이렇게 됐어. 이 시간에 무슨 일이지?"

"드릴 말씀이 있어서 왔습니다."

도수는 하루 종일 피곤했기에 단도직입적으로 말했다.

"저는 곧 인턴을 그만둡니다."

양진명은 그리 크게 놀라지 않았다.

애초에 아로대 출신 의사도 아닌 도수. 거기다 응급외상센터의 특수성을 생각해 보면 사람 한 명 나가는 게 그리 대수로운 일은 아니었던 것이다.

그래도 아쉬운 마음만큼은 드러내지 않을 수 없었다.

"우리 센터에 꼭 필요한 인재라고 생각했는데."

"감사합니다."

"뭐, 감사까지야. 그건 우리 병원 사람들 대부분이 같은 생각일 텐데. 아무튼… 이유를 묻진 않지. 어디서든 알아서 잘할 사람이라고 생각하니까. 그럼 날 찾아온 이유는 인수인계를 하러?"

"네."

"일단 접수했다."

짜장면 그릇을 옆으로 밀어낸 양진명은 곧장 수첩을 가져왔다.

"얘기해 봐."

그 후 두 시간.

양진명은 연구실에서 꼼짝도 못 했다.

도수는 불과 다섯 명의 환자를 전담하고 있을 뿐이지만 두 시간이 꽉 찰 정도로 소상하게 설명했다.

환자를 최초 발견했던 당시부터 지금까지 상태 흐름과 어떤 주제의 대화를 좋아하는지, 뭐에 관심이 있는지까지 빼놓지 않았다.

죽 들은 양진명은 혀를 내둘렀다.

"무뚝뚝해 보이는 사람이 관찰력이 대단하군. 환자랑도 잘 지냈던 것 같고."

당연하다.

잠자고 수술하고 초진 및 처치하는 시간을 빼곤 대부분 전담 환자를 보는 데 썼으니까.

"…어쨌든 어제 제가 수술한 대동맥류 환자를 제외하고 다들 어느 정도 안정을 찾은 상태입니다."

"그래. 그런 것 같구먼."

양진명은 아쉬운 눈길로 도수를 보며 물었다.

"정말 가야겠나?"

"……."

"넌 좋은 의사가 될 자질을 갖추고 있어. 내가 도와줄 수 있다."

"좋게 봐주셔서 감사합니다."

말투는 부드러웠지만 거절이나 다름없었다.

그 뜻을 알아들은 양진명은 여전히 미련이 남은 표정으로 고개를 끄덕였다.

"알겠다. 네 생각이 확고하다면 어쩔 수 없지. 완전히 떠나기 전에 또 보자고."

"네."

인사한 도수는 양진명의 방을 나왔다.

다음 그가 향한 곳은 어제 대동맥류로 실려 왔던 67세 노인 환자가 있는 응급실이었다.

회복실에 자리가 없었기에 그녀는 여전히 응급실에서 수액과 항생제를 달고 있었다.

"안녕하세요."

노인이 눈동자만 돌렸다.

주름진 눈가를 쪼그리던 그녀가 물었다.

"선상이 내 생명의 은인이여?"

생명의 은인이라.

언제 들어도 달콤한 말이다.

"이도수입니다. 선생님께선 어제 오후 아홉 시경 대동맥류로 실려 오셨습니다. 혈관벽이 약해져서…….”

“선상님, 구구절절 설명한다고 내가 알겠나. 아무튼 고마와요.”

“아닙니다.”

“내 선상님한테 해줄 수 있는 건 없고… 뭐라도 해주고 싶은데 내 재주가 좀 있으니 관상 좀 봐주리다.”

“네?”

도수가 당황했다.

“아뇨, 전 괜찮은데.”

“사양하지 마시우. 금수도 제 목숨 살린 은혜는 안다던데. 보기에는 이래도 난 그리 경우 없는 사람이 아니니.”

할머니는 도수가 달아나지 못하도록 손을 꼭 잡았다.

도수 역시 그 손을 떨쳐내지 않았다.

“…….”

그를 빤히 응시하는 할머니.

그렇게 한참이 지나고, 할머니가 입을 열었다.

“휴, 손상. 내 그래도 관상가로 이름깨나 날렸으니 불편하게 듣지 말고 살면서 한 번씩 생각은 혀요. 그러라고 말해주는 거니께.”

어째 분위기가 심상치 않다.

그리고 그 생각은 정확히 들어맞았다.

"역마살이라고 들어보셨수?"

도수가 고개를 젓자 할머니가 말했다.

"인상을 찌푸리면 미간에 내천(川) 자가 생기고 눈썹 끝이 길게 솟았으니 평생 떠도는 역마살이 끼었어. 거기에 불시에 재난과 죽음이 따르는 천살까지. 아주 위험한……."

말을 하다 만 노파의 눈이 커졌다. 보통 이런 얘길 들으면 인상을 찌푸리며 화를 내거나, 긴장해서 표정이 굳게 마련인데 도수의 입가에는 미소가 번졌기 때문이다.

"…왜 웃는 게지?"

"이미 알고 있던 사실이라서."

"관상을 본 적이 있는가?"

도수는 고개를 저었다.

"쭉 그래 왔니까요. 돌아가신 부모님도 관상을 보셨다면 저와 비슷한 관상을 가지셨을 겁니다."

"기구하구먼… 기구해."

"저는 반가운데요."

"뭐가?"

"할머니 말씀에 의하면 저는 죽음과 가까운 곳을 떠돌아다닐 게 분명하잖아요."

"그러니까… 그게 왜 반갑단 말이우."

"그런 곳이 의사가 가장 필요한 곳이니까."

빙그레 웃은 도수는 허리를 숙여 할머니의 이부자리를 봐주었다.

"은혜 톡톡히 갚으셨습니다. 오래 사세요. 그래야 제가 더 뿌듯합니다."

말을 남긴 도수가 병실을 나갔다.

그 모습을 빤히 바라보던 할머니는 병실 문에서 쉬이 눈을 떼지 못하고 입술을 달싹였다.

"기이한 일이로고… 상의 조화가 신비로와 그런가. 눈빛이나 인성 모두 내 짐작을 벗어나는구먼."

아래 떨어져서 관상을 봤던 할머니는 도수가 이부자리를 봐줄 때, 그의 눈을 가까이서 볼 수 있었던 것이다. 그녀는 역마살과 천살을 동시에 가지고 있으면서도 상반된 기운을 풍기고 있는 도수의 앞길을 예측할 수 없었다.

* * *

다음 날 아침.

아로대학병원 주차장으로 수십 대의 차량이 들어섰다. 고급 세단부터 승합차까지 다양한 차종이 뒤섞여 있었다. 누가 보면 병원에 영화나 드라마에서만 보던 조직폭력배 두목이 입원했나 싶은 광경.

주차장 건너편 흡연 구역에서 담배를 피우고 있던 환자들이 웅성거렸다.

"뭐여?"

"시방, 방송국에서도 온 것 같은디."

구수한 사투리를 쓰는 두 노인의 말대로 승합차마다 방송국 로고가 붙어 있었다.

그리고.

고급 세단 뒷좌석에서 한 사람이 내렸다.

바로 법무법인 '명인'의 대표 장성민이었다.

그뿐만 아니라 나머지 세단 뒷좌석에서도 정장을 입은 중년 남자들이 줄줄이 모습을 드러냈다.

그들을 스윽 훑은 장성민이 입을 열었다.

"가지. 일하러."

저벅, 저벅, 저벅…….

장성민을 위시한 여덟 명의 변호인단이 움직였다. 그리고 그 뒤를 승합차에서 내린 기자들 수십 명이 우르르 따라붙었다.

그들이 향하는 곳은 아로대학병원 정문이었다.

*　　　*　　　*

한편 그 시각.

맞은편에 보이는 건물 13층에선 병원장이 전화통을 붙들고 있었다.

"…그래. 어제 사직서를 받았고 퇴사 처리를 통보했단 말이야. 그럼 내가 그 야밤에 공지를 올리나? 그래, 그래. 이도수 선생은 어제 오후 아홉 시 경 우리 병원에서 퇴사 처리 됐어. 그러니까……."

무심코 고개를 돌린 병원장은 창문으로 보이는 광경에 말을 멈췄다.

"…저게 뭐야?"

—예?

수화기 반대편에서 목소리가 들려왔다.

—원장님. 무슨 문제라도…….

"나중에 다시 하지."

뚝.

전화를 끊은 병원장은 대답해 줄 사람도 없는 허공에다 반복된 질문을 던졌다.

"저게 뭐야?"

정장을 입은 일단의 남자들.

그리고 그 뒤를 따르는 무수한 기자들.

머리가 다시 굴러가기 시작한 병원장은 벌떡 일어났다.

"이게 무슨 개같은 일이야?"

그는 즉시 원장실 문을 열고 나섰다. 그리고 비서를 지나치려다, 걸음을 멈추고 말했다.

"지금 부원장한테 전화해서 일 층 로비로 가라고 해요. 가서 무슨 일인지 알아보고 나한테 연락 좀 달라고."

"예, 원장……."

병원장은 대답을 듣지도 않고 엘리베이터로 가서 몸을 실었다. 그가 향하는 곳은 도수가 있을 응급실이었다.

*　　　*　　　*

병원장이 응급실로 내려간 시간.

도수는 임재영과 함께 1층 로비에 있었다.

막 아침을 먹으러 가던 길이었다.

웅성웅성.

"무슨 일 있나 본데?"

임재영의 말에 도수는 직감했다.

'왔군.'

의료진이며 환자들이 양측으로 갈라져 있고, 일단의 무리가 병원 로비를 통과하고 있었다. 정장을 입고 서류 가방을 든 남자들과 그 뒤를 따르는 기자들이었다.

그 앞을 막은 건 부원장과 과장 두 사람이었다.

"이게 무슨 짓입니까?"

우뚝.

일정 거리를 두고 걸음을 멈춘 장성민이 입을 열었다.

"의뢰인을 만나러 왔습니다."

그리고 명함을 건넸다.

명함을 받아본 부원장의 얼굴이 일그러졌다.

"법무법인 명인… 대표님이시라고요……?"

그도 알고 있는 곳이었다. 그가 알기에 이곳 대표와 변호인단이 총동원될 정도면 대기업 사장급 이상은 되어야 한다.

하지만 현재 VIP 병동에도 이들을 부를 만한 환자가 없는 상황.

선뜻 그들이 말하는 '의뢰인'이 누군지 떠오르지 않은 부원장이 물었다.

"…대체 의뢰인이 누구란 말입니까?"

그 순간.

병원장이 엘리베이터에서 나와 부원장 옆에 섰다. 얼마나 돌아다녔으면 이마에 땀이 흥건했다. 평소와 전혀 다른 병원장의 모습에 모두가 놀란 그때.

병원장이 숨을 가다듬으며 물었다.

"후우… 무슨 일입니까."

그는 위축되지 않았다. 지금도 등 뒤에는 그를 따르는 수많은 의사들이 상황을 지켜보고 있었기 때문이다.

변호인단과 기자들, 그리고 병원 사람들이 절반으로 갈린 듯한 상황.

장성민이 입을 열어 대답하려 할 때.

불쑥 의사 라인에서 한 사람이 나섰다.

뚜벅, 뚜벅.

도수였다.

그는 변호인단 앞에서 몸을 빙글 돌리며 병원장을 마주 봤다.

"이제부터 기자회견을 시작하겠습니다."

*　　　*　　　*

병원장이 좋고 말고는 중요치 않았다.

이미 도수를 취재하기 위한 기자들이 잔뜩 몰려든 상태였고, 국내 최고의 변호사들이 그들을 보호하고 있었다.

곧 회견장이 마련되고 도수와 장성민이 회견석에 앉았다.

"질문은 고발 후에 받겠습니다."

그는 말을 이었다.

"아로대병원 병원장실은 로비와, 그로 인한 모략의 산실입니다……."

그렇게 첫마디를 뗀 도수는 아버지 논문에 관한 진실을 있는 그대로 밝혔다.

그리고 증거자료로 자신이 개량한 논문이 아닌, 아버지 논문 원안을 들고 보여주었다.

찰칵, 찰칵!

"보건복지부에서 막은 논문이 바로 이 논문입니다. 사본을 원하시는 기자님이 계시면 회견 후 따로 복사본을 보내 드리겠습니다."

병원장의 표정이 사정없이 일그러졌다. 그와 관련된 몇몇은 얼굴이 창백하게 질린 채 도수를 노려보고 있었다.

굳이 병원 안을 돌아다니며 캐고 다닐 필요 없이 공모자들이 드러났다.

도수가 천천히 말을 이었다.

"보건복지부와 아로대병원의 커넥션은 증거가 없는 상태이니 추측성 보도는 자제 부탁드립니다. 여기서 중요한 건 한 대학병원 병원장이 의사들 간의 결속력을 믿고 소속 교수였던 이찬 씨의 논문을 침해, 은폐하여 환자들을 기만했다는 점입니다. 이 부분에 대해 저는 아로대학병원 측에 병원장 해임을 요구하는 바입니다. 이상입니다."

말이 떨어지자.

기자들이 너 나 할 것 없이 손을 들고 물었다.

그중 귀에 들어오는 질문이 있었다.

"이 사실을 폭로하신 분은 누구십니까?"

그에 도수가 대답했다.

"저는 아로대학병원장이 은폐하려 했던 논문을 작성한 이찬 씨의 아들이며, 바로 어제까지 이 병원에서 근무했던 인턴. 이도수입니다."

웅성웅성.

다시 한번 장내가 술렁였다.

병원장은 눈을 질끈 감았다.

'아무리 미친놈이라고 해도……'

선수 쳐서 이렇게 터뜨릴 줄은 몰랐다. 어느 병원이 됐던 의사 사회 자체의 결속력은 굉장히 단단했기에 이렇게 저질러 버리면 '용감하다'고 칭찬하는 사람보단 '저만 잘났다'고 비꼬는 동종 업계 사람들이 훨씬 많을 터였다. 그걸 알고 있으면서도 도수는 자신이 알고 있는 모든 걸 폭로하고 병원장 해임을 요구했다.

"제기랄."

병원장은 욕지거리를 씹어뱉었다. 자신을 바라보는 불편한 시선들이 느껴졌다.

바로 그때 두 사람을 번갈아 보던 기자들 중 누군가 물었다.

"'어제까지' 아로대학병원에서 근무하셨다고 하셨죠? 그럼 이제 앞으론 어떻게 되시는 건가요? 아로대학병원은 그만두신 겁니까?"

도수가 대답했다.

"그렇습니다. 이제 서울 천하대학병원으로 갑니다."

기자들이 다시 한번 술렁거렸다.

"처, 천하대?"

"본원으로 간다고……?"

"인턴이 이렇게 막 옮겨도 되는 건가?"

카메라플래시가 터지며 키보드 두드리는 소리가 뒤섞였다.

그야말로 정신없는 상황 속에.

도수는 지그시 눈을 감고 있었다.

'제보해서 조용히 처리하려고 했는데.'

더 확실한 증거들도 확보하고, 뒤에 누가 있는지도 알아낸 후 제보해서 깔끔하게 병원장을 끌어내리려 했다.

한데 이제 자신의 존재가 세상에 드러나게 된 것이다. 그것도 어마어마하게 화려한 퍼포먼스와 함께.

이건 좋지 않았다.

병원장을 주물렀던 상대가 누구든 도수의 존재를 알게 되는 셈이니까.

하지만 도수는 이미 벌어진 일에는 미련을 두지 않았다.

"더 질문 없으시면 이만 인터뷰 마치겠습니다."

이후 모든 건 장성민이 처리할 것이다.

이미 그렇게 이야기가 되어 있었고.

병원장을 어떻게 망가뜨릴지는 그의 입맛에 의해 결정될 것이다.

자리에서 일어난 도수는 플래시 세례를 받으며 회견장을 나섰다.

그 뒷모습을 일별한 장성민이 마이크에 대고 입을 열었다.

"지금부터 이 사건에 관한 모든 질문은 법무법인 '명인' 법무팀을 통해 전해주시기 바랍니다."

고개를 숙여 보인 장성민이 회견장을 나서서 어딘가로 전화를 한 통 걸었다.

그러고는 먹이를 던졌다.

"어, 난데. 아로대병원장 구린내 많이 풍기고 다녔던데… 한번 쪼아보지 그래?"

상대가 무어라 말했고.

그가 피식 웃었다.

"심평원? 자네가 직접 나서서 뒤를 캐보란 말이야. 내가 그 치들을 믿었으면 자네한테 직접 연락을 했겠나? 말귀가 어두워진 거야, 아니면 우물에 오래 있다 보니 엉덩이가 무거워진 거야?"

도수를 상대할 때와는 백팔십도 다른 모습이었다.

결국 만족스러운 대답을 들었는지 장성민은 고개를 주억거리며 말했다.

"그래… 그래. 자네가 신경 써주면 내가 가만히 있겠나? 자주 연락하자고."

뚝.

전화를 끊은 장성민이 어느새 도착한 도수 앞에서 입을 열었다.

"아무 걱정 말게. 이제 병원장은 자기 앞가림하기도 바쁠 테니."

"감사합니다."

도수는 가볍게 고개를 숙였다.

하지만 그것만으로도 장성민은 묘하게 뿌듯했다. 어지간해선 '고맙다'고 말할 성격이 아니라고 판단했기 때문이다. 설탕 발린 말보단 진심 한마디가 더 와닿게 마련인 법.

장성민이 대답했다.

"나야말로 고맙네."

* * *

도수가 먼저 사직서를 냈고.

레지던트 강미소, 이시원이 한 달 간격으로 사표를 냈다.

마지막은 인수인계할 것이 가장 많은 김광석이었다.

그렇게 세 달.

세 사람이 천하대병원으로 출근하는 첫날이 다가왔다.

아침 댓바람부터 일어난 김광석의 아내, 임숙영은 쌀밥과 따뜻한 미역국, 갈비 몇 점을 식탁 위에 올렸다.

오랜만에 세 식구와 도수가 둘러앉자 그녀가 말했다.

"여기 와서 마음이 놓여요."

이곳으로 이사오기 전, 임숙영의 속이 시커멓게 썩어 들어갔던 이유는 몇 가지가 있었다.

오직 병원에만 처박혀 있는 김광석. 자기 딸은 변변한 학원 한 곳도 못 다니는데 한 달 죽어라 일해 받은 자기 월급을 모조리 환자 치료 비용으로 대주는 데 써버리는 것도 미칠 노릇이었다. 비라도 퍼붓는 날이면 물까지 새는 오래된 임대아파트는 밤이면 으스스했다.

한데 이제 그 모든 것들이 해결됐다.

어쩌면 가족보다 환자가 우선이었던 김광석의 태도도 바뀔 수 있지 않을까 하는 기대감이 들었다.

이런 생각 끝에, 임숙영이 도수에게 말했다.

"고맙다."

"네?"

"네 덕분이라며. 우리가 여기로 온 거."

"교수님 실력 덕분이죠."

도수는 대수롭지 않게 말했지만 기분이 좋았다. 김광석의 가족에게 입은 은혜를 이런 식으로나마 조금씩 갚아갈 수 있다는 게 즐거운 것이다.

그때 새로운 교복을 맞춰 입은 해리가 불쑥 물었다.

"아, 맞다! 오빠, 그거 알아?"

"뭐?"

"오빠 내 수원 친구들한테 인기 어어어엄~ 청 많은 거."

"……?"

도수가 영문을 모르자 해리가 고개를 절레절레 저었다.

"아니, 그렇게 둔해서 사람 몸은 어떻게 보고 수술은 어떻게 한대? 암튼 오늘부터 사인해 달라는 환자들로 넘쳐날걸!"

"…설마."

도수는 진심으로 불편한 표정을 지었고.

그 얼굴을 본 해리가 깔깔 웃음을 터뜨렸다.

"하하하하… 괜찮아, 괜찮아! 어차피 응급실엔 아픈 사람들만 올 텐데 오빠 신경 쓸 겨를이나 있겠어?"

"그게 편해."

아직 소년 소녀 티를 채 다 못 벗은 두 사람이 노닥거리는 모습을 보던 김광석은 홀로 생각했다.

'이럴 때 보면 영락없는 애인데… 어떻게 수술만 들어가면 사람이 돌변하는지.'

고개를 절레절레 저은 그가 도수의 밥그릇이 싹 빈 걸 확인하고 말했다.

"일어나자. 일하러 가야지."

* * *

도수는 김광석의 차를 타고 천하대병원으로 갔다.

두 시까지 정문 앞에서 만나기로 한 레지던트 이시원과 강미소를 기다리고 있는데, 앰뷸런스 한 대가 들어섰다.

사이렌 소리를 듣는 순간.

운전대를 잡고 있던 김광석은 자기도 모르게 안전벨트를 풀었다.

"교수님."

도수의 한마디.

김광석이 멈칫했다.

"아."

이곳은 아로대병원이 아니다.

직업병.

도수 역시 자기도 모르게 문고리를 잡았던 것이다.

"…조금만 미루죠."

"…그러자."

서로를 보며 피식 웃는 두 사람.

얼마 지나지 않아 이시원과 강미소가 도착했다.

그렇게 합류한 네 사람은 일단 이사장실로 올라갔다.

'응급외상센터'는 천하대병원 소속이면서도 독립적인 단체였다. 말이 좋아 독립적인 단체지, 이사장 라인을 타고 들어온 외지인들이다.

그 때문일까?

엘리베이터에서부터 김광석 교수를 알아본 이들의 시선이 가시처럼 뾰족했다.

"……."

띵!

문이 열리고 천하대병원 가운을 입은 사람들이 빠져나갔다.

그들만 남자, 이시원이 머리를 흔들었다.

"후, 예상은 했지만 정말 장난 아니네요."

"남자가 쫄긴."

강미소가 한마디 하자 이시원이 고개를 홱 돌렸다.

두 사람을 보며 씁쓸하게 웃은 김광석이 말했다.

"너희도 그렇지만 나도 예상했던 일이다. 그래도 너무 걱정은 마라. 후원자 한 명 없는 아로대에서도 잘 해냈는데 강력한 후원자가 있는 여기서라고 못 할까."

듣고 보니 그랬다.

다들 표정을 푸는 그때.

띵!

엘리베이터가 이사장실이 있는 17층에 도착했다.

이번에는 김광석의 표정도 굳었다.

개중 유일하게 태연한 도수가 먼저 내리며 말했다.

"우리한테 아무도 시비 안 걸어요."

툭 던진 한마디였지만.

다들 수긍할 수 있었다.

도수가 저지른 사건은 의료계 전반에 소문이 쫙 퍼진 상태였다. '이도수'란 인턴이 아로대학병원 병원장을 날려 버렸다고. 그 누가 상상이나 할 수 있겠는가?

인턴이 병원장 목도 날리는 판에, 누구도 도수와 척을 지고 싶지 않을 것이다.

네 사람은 이사장실로 들어갔다.

"어서 오시오. 이사장 정영기입니다."

이사장이 김광석을 향해 손을 내밀었다.

그 손을 맞잡은 김광석이 공손하게 인사했다.

"말씀 많이 들었습니다. 김광석이라고 합니다."

“김 교수와 함께 일하게 돼서 영광입니다.”

이사장은 ‘함께 일한다’고 못 박고 있었다. 하긴, 그의 입장에서도 아로대병원의 마스코트였던 김광석의 영입만 놓고 보면 호재였다.

빙그레 웃은 이사장이 그 옆의 이시원과 강미소에게로 시선을 옮기자.

두 사람이 스스로 소개했다.

“아로대학병원 응급의학과… 였던, 레지던트 2년 차 이시원입니다!”

“3년 차 강미솝니다.”

이사장이 차례로 악수를 마치자.

김광석이 말했다.

“이런 대우를 받고 와도 되는지 모르겠습니다. 아파트도 분에 넘칩니다. 식구들이 무척 좋아하더군요.”

이 역시 천하대병원의 이점이었다.

교수들에게는 임기 동안 아파트를 무료로 쓸 수 있도록 제공해 주는 것이다.

“다행입니다.”

빙그레 웃은 이사장이 말을 이었다.

“앞으로 우리 병원 응급외상센터를 이끌어줄 주역들이니 그 정도 지원은 당연한 거지요. 여러분들 이력서를 보니 다들 실전 경험이 대단하더군요. 모쪼록 좋은 병원 문화를 만들어 보도록 합시다."

"네!"

"최선을 다하겠습니다."

고개를 끄덕인 이사장이 말했다.

"그럼 서로 통성명도 했으니 앞으로 근무하시게 될 응급외상센터도 가보시고, 병원 안을 둘러보시지요. 밖에 안내할 친구가 와 있을 겁니다. 출근은 내일 아침부터 하시면 됩니다."

모두가 일어났지만 도수는 자리에 앉아 있었다.

병원장도 그에게 나가라고 하지 않았다.

그런데.

먼저 일어선 이시원만 우두커니 기다리는 게 아닌가?

강미소가 옆구리를 쿡 찌르며 고갯짓을 하고 나서야 '아!' 외친 이시원이 졸졸 따라 나갔다.

마침내 조손 간의 자리가 마련되자.

이사장이 말했다.

"동료들이 널 많이 신뢰하는 것 같더구나."

도수는 고개를 끄덕였다.

확실히, 믿지 않았다면 천하대병원까지 함께 오지 않았을 것이다.

이사장이 다시 입을 열었다.

"…네가 그런 일을 저지르리라곤 생각지도 못했다."

"좀 시끄럽긴 했죠. 제 계획과 달리."

"네 머릿속에 뭐가 있는지 궁금하구나."

"저도 그게 궁금합니다. 앞으로 어떤 길을 가게 될지."

"그래. 앞길이 창창하니 뭐라도 할 수 있을 게야. 그보다……."

이사장은 상체를 숙이며 도수를 응시했다.

"너도 이제 이 병원에서 근무하게 됐으니, 우리 가족에 대해 알아야겠지."

제4장
사촌형제

"……."

가족.

도수는 그 부분에 대해 지금껏 한 번도 생각해 본 적이 없었다.

무덤덤한 그를 보며 이사장이 말했다.

"네 사촌 형 둘이 우리 병원에 있다. 큰놈은 신경외과 교수고, 둘째는 성형외과 레지던트 3년 차야."

사촌 형이라면 어머니 오빠의 아들들이란 뜻.

"첫째는 '수술의 천재'로 유명하지."

수술의 천재.

도수와 별명이 똑같다.

"넌 그 녀석만 조심하면 된다. 둘째는 굉장히 털털하거든."

"제가 조심해야 하나요?"

"널 좋아하지 않을 테니까."

의사장의 말에 도수가 물었다.

"왜죠?"

"녀석은 굉장한 특권의식이 있거든. 할아비가 자기가 근무하는 병원 이사장인 데다 젊어서부터 수술 천재란 말을 귀 따갑게 듣다 보니 그리된 게지. 제 아비를 쏙 빼닮았어."

"……."

침묵하던 도수가 물었다.

"외삼촌은요? 어디 계시죠?"

"미국에 있다."

"미국……."

"그래. 우리 병원과 협력관계인 텍사스 엘 파소 병원에 파견된 상태다."

"전공은요?"

"역시 신경외과. 첫째가 제 아비를 보고 따라간 거지."

아빠를 보고 따라가서 수술 천재로 인정받고 있다면, 그 아버지 역시 보통 사람은 아닐 터였다.

"실력이 좋은가 보군요."

"애 아빠? 실력은 최고지. 신경외과 쪽으론 세계 최고의 권위자 중 한 명이니까."

그렇게 말하는 이사장의 미소에 자부심이 묻어났다. 하지만 그것도 잠시, 그의 안색이 그늘에 잠겼다.

"…하지만 자기 실력을 너무 과신하는 경향이 있다. 녀석은 내 말을 듣지 않지만, 그래도 아직 첫째 손자 놈은 돌이킬 수 있어. 제 아비처럼 자신의 실력을 과신해서 진정한 의사의 사명을 잊지만 않았다면……."

제법 의미심장한 혼잣말이었지만.

도수는 그 이상 알고 싶지도, 개입하고 싶지도 않았다.

다만 신경외과의 권위자라는 남자에 대한 궁금증은 있었다.

"왜 파견을 나가 있죠?"

만약 그가 천하대에 남아 떡 버티고 있다면 병원은 더 대단한 위세를 얻고 있을 텐데.

그러나 이사장의 생각은 조금 달랐다.

"이미 우리 병원은 국내 최고 소리를 듣고 있어. 과거에도, 지금도, 앞으로도 그건 변함없다. 하지만 고인 물을 썩게 마련이야. 우린 세계 각지에 뛰어난 인력을 파견해 두었다. 우리 병원 이름을 이 좁은 한국 땅을 벗어나 세계 전역에 알리기 위해.”

도수는 고개를 끄덕였다.

자신이야 ‘어린 나이에 전쟁터에서 자라며 숱한 수술을 성공시킨 소년’이란 특이하고 드라마틱한 이력으로 유명해졌다지만 아직 세계적인 권위자들에 비할 바는 아닌 것이다.

‘욕심이 많은 사람이야.’

나이를 보면 슬슬 은퇴해도 이상하지 않은데 계속 새로운 도전을 하고 있었다.

이러한 시선을 아는지 모르는지 빙긋 웃은 이사장이 덧붙였다.

“이제 너도 내부 사람이니 모든 걸 말해주는 게다.”

별 뜻 없는 한마디 같았지만 도수는 느낄 수 있었다. 이사장이 집요한 눈빛을 보내는 건 자신에게 원하는 게 있다는 신호란 걸.

그럼에도 모른 척 말했다.

“환자를 치료하는 데 필요한 것들만 알면 될 것 같습니다.”

“그래. 당장은. 나머진 차차 알아가게 될 거야.”

은유적인 대화다.

이사장은 도수를 후계 구도에 넣고 있었다.

도수는 그걸 계속 거절하는 거고.

“…그럼 이만 일어나 보겠습니다.”

"그래. 내일 보자고."

이사장은 잡지 않았다.

고개를 숙여 보이고 자리에서 일어난 도수는 이사장실 문을 열고 나갔다.

밖에는 삼십 대로 보이는 남자가 기다리고 있었다. 분명 초면인데, 그는 도수를 강렬한 시선으로 바라봤다.

'…이 사람이 첫째.'

도수는 가운에 달고 있는 신분증을 확인했다.

'정영훈.'

남자, 정영훈이 입을 열었다.

"네가 그 애구나."

"……."

"내 사촌."

"네."

도수가 가볍게 고개를 숙이자.

정영훈이 입꼬리를 올렸다.

"하하하하하하! 이야, 이게 무슨 일이래? 엄청 반갑다!"

불쑥 두 팔을 벌리고 다가오는 정영훈.

이사장의 '조심하라'는 말에 내심 대비하고 있던 도수는 당황했다. 이건 그가 대비하던 상황과 전혀 다른 상황이다.

"음… 남자가 이렇게 들러붙는 건 좀 그런가?"

"네, 많이."

"형젠데?"

"그래도……."

"우린 혈육이잖아?"

"……."

도수는 할 말을 잃었다.

뭐 이런 인간이 다 있지?

그런 와중에도 정영훈은 쉴 새 없이 떠들었다.

"그래, 뭐… 얘긴 들었다."

눈물을 참는 듯 콧등을 붙잡은 그가 말을 이었다.

"그 오지에서 홀로 지냈으니 얼마나 힘들었겠어. 가족의 정이 뭔지 느낄 여력도 없었겠지. 내 다 이해한다. 앞으로 이 형이 잘 보살펴 줄게."

그가 대뜸 다가오는 바람에 거리가 가까워져 있었다. 도수는 다시 한번 명찰을 확인했다. 그리고 지금 상황이 어떻게 된 상황인지 깨달을 수 있었다.

성형외과.

정영훈은 이사장이 '조심하라'고 했던 첫째가 아닌, '털털하다'고 했던 둘째인 것이다.

그런데 이건 털털해도 너무 털털하다.

이런 식이면, 첫째는 얼마나 도수를 싫어하기에 주의까지

줬단 말인가?

정영훈은 도수의 어깨를 두드렸다.

"어쨌든 회포는 다음 기회에 풀자. 조만간 소주나 한잔하자고. 하하하하하! 난 이만 할아버지 만나러 들어가 봐야겠다!"

다시 한번 어깨를 두드린 그가 이사장실 문을 노크하고 말했다.

"할아버지~ 접니다. 잘생긴 영훈이요!"

"……."

고개를 절레절레 저은 도수는 엘리베이터를 잡았다.

땡!

엘리베이터 문이 열린 순간.

그는 한 사람과 맞닥뜨렸다.

도수는 눈앞의 상대를 본 순간 묻지 않아도 알 수 있었다. 이 사람이 할아버지가 얘기한 첫째라는 것을.

"……."

도수가 말없이 서 있자 남자가 냉기가 뚝뚝 묻어나는 목소리로 말했다.

"좀 비키지."

도수는 한 걸음 옆으로 물러났다.

그러자 그를 지나치려던 남자가 걸음을 멈추더니 고개도 돌리지 않은 채 말했다.

"미꾸라지, 네가 왜 여기 왔는지 모른다. 알 바도 아니고. 근데… 뭘 하든 적당히 해. 여긴 아로대가 아니니까."

그는 도수를 조금도 두려워하지 않았다. 싫다는 감정조차 느껴지지 않았다. 무감정. 아예 도수의 존재 자체를 안중에 두고 있지 않은 것이다.

그가 막 다시 발을 떼려 할 때.

피식 웃은 도수가 발목을 잡았다.

"형치곤 나이 차이가 크네요."

고개를 돌리는 정영록.

도수는 그를 향해 말을 이었다.

"저를 좋아하지 않으셔도 됩니다."

"……."

"아무것도 하지 마세요. 그럼 됩니다."

도수는 가볍게 고개를 숙였다.

"그럼."

엘리베이터 안으로 뚜벅뚜벅 걸어간 도수가 몸을 돌렸다. 두 사람의 시선이 마주쳤다.

무관심하던 정영록의 눈빛이 바뀌어 있었다. 그 위로 호기심인지 황당함인지 분노인지 모를 감정이 스쳐 지나가는 순간, 엘리베이터 문이 닫혔다.

*　　　*　　　*

다음 날.

도수는 응급실로 출근했다.

"이도수입니다."

응급의학과 소속 레지던트 김용찬은 불편한 표정으로 대답했다.

"김용찬입니다."

악수를 나누고.

도수가 물었다.

"조근현 교수님은요?"

"그게……."

김용찬의 표정이 당혹감에 젖었다. 그 모습을 본 도수는 곧바로 상황 파악을 할 수 있었다.

'아예 나와보지도 않았군.'

레지던트만 보낸 것이다.

하긴, 천하대 교수직에 오르기 위해 수십 년간 뼈를 깎는 노력과 인내를 해왔을 것이다. 질리도록 수술과 연구를 병행하며 그 자리에 올랐을 터였다. 그런 조근현 교수가 보기에 도수의 응급외상센터장 발령은 탐탁찮을 수밖에 없었다.

굴러들어 온 돌이 박힌 돌을 빼내는 것도 정도가 있지.

아무리 실력이 좋다고 해도 근본도 없는 풋내기가 센터장으로 왔으니 마른하늘에 날벼락일 것이다.

"…안내해 주시죠."

도수는 서두르지 않았다.

이 정도 반항은 충분히 예측했기 때문이다.

대놓고 시비를 따지지 않는 것만 해도 다행이었다.

여전히 불편한 얼굴의 김용찬은 고개를 끄덕이고 말했다.

"이쪽으로 오시죠."

도수는 고갯짓을 했다.

그러자 뒤에 서서 지켜보던 김광석, 강미소, 이시원도 함께 움직였다.

김광석은 지금 있는 자리가 어색했다.

'역시…….'

웃긴 일이다.

아로대병원에 있을 땐 응급외상센터장 자리가 그렇게 피곤하고 부담이 됐었는데.

막상 자리를 내려놓고 보니 허전함을 느끼다니.

선두에서 걷는 도수의 등을 보던 그는 고개를 절레절레 저었다.

스스로 드는 감정에 대한 자괴감을 느낀 것이다.

이런 심정을 아는지 모르는지, 도수는 응급실과 회복실에 있는 환자들을 일일이 체크했다. 모두 응급실을 거쳐 간 환자들이었다. 아로대학병원 응급실이 그랬듯 환자의 양상은 다양했다.

오십 명이 넘는 환자들을 모두 보고 응급실로 돌아왔을 때.

김용찬이 말했다.

"환자가 너무 많아서 한 번에 전부 파악되진 않으셨을 텐데……."

"파악됐습니다."

"…예?"

도수가 다시 말했다.

"전부 파악했습니다."

"아… 예에."

김용찬은 전혀 믿지 못했다. 그저 도수가 기선 제압을 하려는 것으로 생각할 따름이었다. 하지만 그 선입견은 길게 이어지지 못했다.

도수가 환자를 파악한 것뿐 아니라, 그중 한 명의 처방을 바꾸었던 것이다.

"응급실 17번 배드 46세 당뇨병 환자 란투스 대신 트레시바로 바꿔서 처방해 주세요."

"……!"

눈을 부릅뜨며 잠시 놀랐던 김용찬이 그에 대해 반론을 제기했다.

"…센터장님, 저희는 저혈당 위험이 높은 환자나 매일 같은 시간에 인슐린을 투약하기 힘든 환자한테만 트레시바(Tresiba: 기존 인슐린과 달리 하루 한 번만 투여하면 되는 기저인슐린. 만 1세 이상의 소아과 청소년, 성인당뇨병 치료제로 쓰인다)로 처방하고 있습니다. 나머진 란투스(Lantus: 인슐린 글라진. 지속형 인슐린의 유사약. 당뇨병 치료에 쓰인다)로 처방하고요. 약값의 차이가 있는 반면 저혈당 감소 효과가 크지 않기 때문입니다."

"전 반대합니다."

"예?"

도수가 말을 이었다.

"두 가지 약이 같은 계열에서 비슷한 수준의 장단점이 있는 약이라면 몰라도 트레시바는 란투스보다 더 진보된 약입니다. 메이저리그와 마이너리그의 차이죠."

"그래도 기존 지침이……."

"그 지침을 바꾸는 겁니다."

"지금 바로요?"

"지금 바로 처방을 바꿀 건 김용찬 선생님이고, 저는 응급의학과 공지를 올려야겠죠. 지금 이 상황은 엔피에이치(NPH: 중간형 인슐린)과 롱 엑팅(Long-Acting) 인슐린이 소개됐을 때와 마찬가지입니다. 울트라 롱 엑팅(Ultra Long—Acting) 인슐린이 롱 엑팅 인슐린의 단점을 극복했다면 당연히 울트라 롱 엑팅 인슐린을 써야죠. 이 환자한테는 란투스를 주고 저 환자한테는 개선된 트레시바를 주는 것 자체가 어리석은 짓이란 얘깁니다."

그뿐만이 아니었다.

한번 칼을 대기 시작한 도수는 응급외상센터의 세부 지침들을 하나하나 바꾸었다.

환자에게 투여하는 약물은 무조건 최선의 약효를 볼 수 있는 것들로.

기존 환자들에게 했던 처방까지 손을 댔다.

그뿐만이 아니었다.

도수는 환자들의 경중, 손상 부위를 따져서 주치의를 재배치할 것이라는 공지를 같이 올렸다.

이쯤 되자 조근현 교수는 얼굴을 보이지 않을 수가 없었다. 연구실에서 내려온 그는 대뜸 도수를 찾아왔다.

"지금 이게 무슨 짓입니까?"

인사도, 통성명도 없었다.

스테이션에 있던 도수가 고개를 돌렸다.

"무슨 말씀이신지."

"들어오신 지 하루입니다. 아직 환자 파악도 다 안 됐을 텐데…….”

“파악은 됐습니다.”

친밀감 형성은 아직이지만.

도수는 뒷말을 아꼈고, 그 옆에 있던 김용찬이 기어들어 가는 목소리로 조근현에게 말했다.

“그게… 전부 소상하게 기억하고 계십니다.”

“그게 말이 돼?”

“저도 잘… 정말입니다, 교수님.”

조근현은 도수에게 고개를 홱 돌렸다.

“단순히 기억한다고 그 환자들에 대해 잘 아는 건 아닙니다.”

“…….”

“어디서 발견됐는지, 어떤 상태에서 실려 왔는지, 어떤 지병이 있는지, 수술실에선 어떤 일이 있었는지… 아무것도 모르시지 않습니까.”

차트는 확인했겠지만 아직 모든 기록을 전부 다 읽어보진 못했을 터.

반론의 여지가 없는 한마디에.

도수는 짧게 대답했다.

“압니다.”

다양한 환자를 수술한 경험이 많으면 이게 좋다. 환자의 환부를 보기만 해도 어디서 어떻게 다쳤는지, 수술실에서 어떤 상황들이 있었는지 검시관(檢屍官)처럼 알 수 있는 것이다. 그럼 환자에게 물어봐서 직접 확인을 한다. 그리고 투시력을 쓰면, 환자의 몸속 구석구석을 두 눈으로 볼 수가 있는 것이다. 어떤 지병을 가지고 있는지, 앞으로 또 다른 문제가 생기진 않을지.

그 사정을 꿈에도 모르고 이를 갈아붙이는 조근현.

'어디서 뻔뻔한 거짓말을……!'

그때 고개를 든 도수가 입을 열었다.

"환자를 위한 올바른 의심입니다. 제 능력에 의심이 가신다면 직접 증명하도록 하죠."

제5장

능력의 증명

샤아아아아아아.

도수의 두 눈이 빛났다.

김광석이나 아로대병원 인력들이 그랬듯, 조근현도 평범한 반사광이라고 생각했을 것이다.

하지만 도수의 입에서 나온 말은 전혀 평범치 않았다.

"조근현 교수님, 지이알디(GERD: 위식도역류질환) 있으시죠?"

"……?"

갑작스러운 질문에 조근현은 당황했다. 처음 보는 이가 어떻게 자신이 앓고 있는 질병을 알아챈단 말인가?

가장 쉽게 할 수 있는 생각은 하나였다.

'흔한 질환이니까.'

그는 놀라지 않고 고개를 끄덕였다.

"갑자기 그건 왜 궁금하십니까?"

도수의 시선이 아래로 내려갔다.

폐.

그 속에 기관지가 일반인들에 비해 좁아진 상태였다.

"에스마(Asthma: 천식)도 있으시고요."

아주 옛날에 심했고 근래에도 환절기마다 심해지긴 했지만, 한눈에 봐서 알 수 있을 만큼은 아니었다. 조근현 교수의 눈이 조금 더 커졌다.

"그건 또 어떻게……."

마지막 도수의 눈길이 머문 곳은 그의 골반부였다.

샤아아아아아아.

궁둥뼈부터 신경이 퍼져 나가며 염증으로 손상된 곳이 보였다.

"싸이아리카(Sclatica: 좌골신경통)도."

"……!"

이제 조근현은 완전히 충격을 받았다. 그래, 예리한 사람은 상대방이 서 있는 자세를 보고 허리가 아픈 것 같다든지 다리가 불편한 것 같다든지, 물어볼 수는 있다. 하지만 그런 경우 대부분은 디스크나 협착증을 생각하지 '좌골신경통'이란 용어를 말하진 않는다.

"어떻게……."

이쯤 되자 역류성질환을 맞춘 것도, 천식을 알아챈 것도, 좌골신경통을 말한 것도 전부 우연 같지 않았다.

하지만 그가 앓고 있는 세 가지 질환을 맞출 수 있는 건 세상에 누구도 없었다.

심지어 가족들조차 천식은 단순 알레르기로 생각하고 있을 뿐이다.

그런데 난생처음 보는 젊은 의사가 진찰도 아닌, 그냥 마주 본 것만으로 세 가지 지병을 속속들이 꿰고 말을 하니 놀랄 수밖에 없었다.

도수가 이를 굳이 입 밖으로 낸 이유는 간단했다.

"인체에 손상이 생기면 어떤 이상 반응이 나타날 수밖에 없습니다. 물론 통증에 둔감한 사람은 통증을 못 느낄 테고, 그 이상 반응이 알 수 없을 정도로 미세할 수도 있지만, 무조건 이상 반응이 나타나긴 하죠."

그걸 모르고 있는 의학도가 있던가?

하지만 모든 이상 반응을 알아챌 수 있다면 검사가 필요 없을 것이다.

조근현이 말뜻을 종잡지 못하고 있을 때, 도수가 다시 입을 열었다.

“저는 그 미세한 반응들로 상대방이 앓고 있는 질환을 알아낼 수 있습니다. 물론 모두 알아챌 수 있는 건 아니지만, 꽤 정확도가 높죠.”

무슨 선무당 같은 소릴.

조근현은 조금도 믿음이 가지 않았다. 애초에 그런 일이 가능하다고 생각해 본 적 자체가 없었던 까닭이다.

하지만.

믿는 사람은 존재했다.

“아, 그래서…….”

“어쩐지. 어떻게 알았나 했네. 그래서 검사도 없이 응급환자의 상태를 바로바로 파악했던 거구나.”

구시렁거리는 레지던트 두 사람.

심지어 김광석 교수까지 고개를 주억거리고 있었다.

김광석 교수는 국내 모든 응급의학과 교수들이 존경해 마지않는 인물.

조근현 교수 역시 다르지 않았기에, 무시할 수만은 없었다.

“…….”

잠시 말이 없던 조근현이 물었다.

“믿기 힘들지만……. 정말 그런 일이 가능하다면 왜 진작 밝히지 않으신 겁니까?”

도수와 관련된 기사 어디서도 그런 사실을 찾아볼 수 없었다. 만약 이 사실이 밝혀졌더라면 엄청난 각광을 받았을 텐데.

그러나 도수의 답변은 간단했다.

"조 교수님도 안 믿으시는 걸 다른 사람들이 믿을까요? 그리고 믿는다 해도 증명할 방법이 없습니다. 그렇게 되면 앞으로 제가 볼 환자들이 괜히 불안할 수 있죠. 데이터는 실수를 하지 않지만 사람은 실수를 하니까. 데이터보다 자기 감을 믿는 의사가 있다면 어떻게 믿겠습니까? 목숨이 걸렸는데."

"……."

할 말이 없었다.

너무나 맞는 말이었기 때문.

"…그럼 왜 저한테 말씀하시는 건지."

"조 교수님은 이제 저와 함께 일할 사람이니까요. 응급환자를 빨리빨리 조치하려면 서로의 신뢰가 두터워야겠죠. 그리고."

잠시 말을 끊었던 도수가 덧붙였다.

"증명하래서 증명한 겁니다. 제가 환자들의 상태를 조 교수님 생각보다 훨씬 더 소상히 파악했다는 것을요. 그리고 이 모든 걸 그대로 지면에 적어서 보여 드릴 수 있다는 것도."

"……."

조근현은 아무 말도 할 수 없었다.

방금 전까지 못 믿겠다고 난리를 피우다가 갑자기 충성을 맹세하는 것도 그림이 이상하지 않은가?

도수는 그의 체면치레를 이해했다.

"조 교수님 환자는 재배정하지 않을 겁니다. 재배정하는 건 어디까지나 아직 불안정한 레지던트들까지입니다."

채찍질 다음은 달콤한 꿀을 발라줘야 한다.

"저한테 센터장 대우를 하라고도 말씀드리지 않겠습니다. 하고 계시는 연구나 수술에도 관여하지 않을 테고요. 대신 응급외상센터의 규칙 몇 가지는 바꿀 겁니다. 그 규칙과 더불어, 응급 상황 땐 제 지시에 따라주십시오."

마침내.

조근현이 고개를 살짝 숙이며 손을 내밀었다.

"천하대병원 응급외상센터 조근현 교수입니다."

애초에 상식 밖의 능력을 선보인 도수다.

이 정도면 경계심도 사라진다.

그 자리를 호기심이 채울 뿐.

맞서려는 생각은커녕, 대쪽 같은 자존심도 굽혀질 수밖에 없다.

그 마음을 짐작한 도수가 팔을 뻗어 그의 손을 맞잡았다.

"잘 부탁합니다. 천하대 응급외상센터장으로 부임한 이도수입니다."

*　　　*　　　*

좌르르르르르륵!

스트레처 카가 응급실 문을 통해 들이닥쳤다.

"삼 층에서 떨어진 환자입니다! 환자 의식 없고……."

도수가 투시력을 발휘했다.

샤아아아아아.

장기가 다 터졌다.

더 큰 문제는 머리도 멀쩡하지 않다는 것이다.

'경막하출혈.'

머리 쪽은 직접 수술해 본 적이 없지만, 상태 정도는 파악할 수 있었다. 하지만 환자 상태에 따른 디테일 상황 판단은 담당 과가 정확했다.

"신경외과 콜하고 수술실 어레인지 해주세요. CT 찍고 바로 수술 들어갑니다."

레지던트들이 발 빠르게 움직였다.

채 삼 분도 지나지 않아 신경외과 레지던트가 내려왔다. 응급실이야 아로대학병원이 더 체계적으로 돌아갈지 몰라도 콜 반응은 인력이 충분한 천하대가 훨씬 빨랐다.

환자를 유심히 살피던 신경외과 레지던트는 환자 곁에 선 도수를 보고도 다른 사람을 찾았다.

"김광석 교수님은요?"

"저한테 말씀하시면 됩니다."

"인턴이셨다고 들었는데."

도수가 미간을 찌푸렸다.

명백히 자신을 비꼬는 행위.

"그만하죠. 환자 앞에 두고 뭐 하는 짓입니까?"

"……!"

신경외과 레지던트의 표정이 와락 구겨졌다. 괜히 한 방 먹이려다 한 소리 들은 것이다.

그 말처럼 실려 온 환자는 당장 수술해야 할 정도로 위중했고 낭비할 시간은 없었다.

전혀 틀린 말이 아니었기에 신경외과 레지던트는 응급외상센터장으로 부임한 도수를 상대로 더 이상 하극상을 범할 수 없었다.

"…복부 수술부터 들어가시죠. 뇌 손상이 있는 것 같긴 한데 심하지 않습니다. 우리 쪽은 시간을 좀 두고 지켜보다 수술해야 될 것 같아요."

고개를 끄덕인 도수는 얼굴을 돌리며 강미소에게 말했다.

"수술 들어갑니다. 강미소 선생님이 직접 들어오세요."

강미소의 표정이 활짝 피었다.

“네!”

원래 반말을 하던 그녀였지만 응급외상센터장이 된 도수에게 감히 반말을 할 수 없었기에 존대를 붙였다.

하긴, 김광석도 존대를 하는 마당에 그녀가 반말을 하면 그것도 이상하다.

‘적응되겠지.’

미소 띤 강미소는 도수의 얼굴을 보았다. 얼마 전까지만 해도 아로대학병원 인턴 나부랭이였는데 어느새 천하대학병원 센터장이 되어 있었다. 도수가 걸어온 모든 길이 전례 없는 신항로였다. 그래서일까?

그를 볼 때마다 마치 신대륙을 발견한 기분이 들었다. 충격적이고 신선하고 병원이란 먹이사슬의 하단에 위치한 레지던트로서 대리만족까지 느낄 수 있었다.

그런 도수 아버지의 논문.

그녀는 올해 한 일 중, 그 논문을 본인에게 돌려준 것이 가장 잘한 일이라고 생각했다.

‘구사일생한 건가?’

강미소는 피식 웃었다.

처음엔 의사로서 초심을 잃고 가정마저 막 대하는 아버지가 미워서 벌인 일이다. 그 일이 자신의 생명을 살린 것 같다는 생각이 들었다.

그 일의 주범 중 한 명인 병원장마저 병원장 직위를 잃을 위기에 처했고.

불명예 해임을 당한다면 그 전의 위세를 회복하긴 힘들 터였다.

아버지 역시 언제 도수에게 응징당할지 모른다.

그럼 다시 예전의 모습으로, 가정으로 돌아올 수 있을지도 모른다는 기대를 품었다.

만약 그런 판단을 하지 않고 그녀마저 아버지의 편에 섰다면 의사 가운을 벗어야 했을지도 모른다. 병원장이 해임당할 정도의 폭풍에 일개 레지던트 목이 붙어 있을 리 없으니까.

그녀가 복잡한 생각에 잠긴 사이.

두 사람은 어느새 수술실에 도착해 있었다.

손을 소독하던 강미소가 대뜸 물었다.

"괜찮으세요?"

도수는 고개를 끄덕였다.

"네. 여러 군데 손상된 것 같긴 한데, 환자 상태는 그리 나빠 보이지 않습니다."

"하하하!"

강미소는 자기도 모르게 명랑한 웃음을 터뜨렸다.

"아니, 환자 얘기 말고. 선생님이요."

"저요?"

"네."

"제가 왜요?"

"방금 신경외과 선생님이 함부로 말씀하시던데."

"아."

도수는 어이없는 눈으로 그녀를 보았다.

"수술 전에 무슨 그런 쓸데없는 일을 떠올려요?"

그렇다.

그에게는 신경 쓸 가치조차 없는 일이었다.

뜨끔한 강미소가 어색하게 웃으며 대답했다.

"…죄송합니다. 전 그저 걱정돼서."

"전혀 걱정할 일 아닙니다."

도수가 칼같이 말하자 강미소는 입술을 삐죽였다.

'하긴… 내가 누굴 걱정하냐. 세상에서 제일 쓸데없는 걱정이 연예인 걱정, 이도수 선생 걱정이지.'

병원장까지 끌어내린 인턴이 응급외상센터장 직함까지 달고 무서운 게 뭐가 있겠는가?

괜히 한 소리 들은 강미소는 고개를 흔들며 도수를 따라서 수술실로 들어섰다.

"하! 역시 천하대."

저절로 감탄사가 나왔다.

그러나 도수는 전쟁터에서 수술하다 아로대학병원 수술실을 보았을 때처럼 덤덤하게 말했다.

"중요한 건 수술실이 아니라 어떤 환자를 누가 수술하느냐입니다."

"그야 당연하죠. 그런 뜻은 아니었어요."

"집중하자는 의미였어요."

마음이 콩밭에 가 있는 것 같아서.

도수는 뒷말을 생략했지만 강미소는 알아들었다.

'정신 차리자.'

천하대학병원에 온 뒤로 알게 모르게 들뜬 구석이 있는 그녀였다.

그래서, 더 힘차게 대답했다.

"물론입니다!"

마침내 천하대병원 의료진들과 손발을 맞추는 첫 수술.

두 사람은 수술대에 올려진 환자 양측에 마주섰다.

상체를 훤히 드러내고 있는 환자는 아직 어린 여고생이었다.

"예쁘게 닫아줘야겠어요."

도수가 고개를 끄덕였다.

"그럴 겁니다."

그 역시 안타까웠다.

늘 환자들을 볼 때마다 안타깝다.

늙고 쇠약한 환자는 수술 후에도 후유증을 심하게 앓을까 봐, 젊고 건강한 환자는 젊음의 아름다움에 손상이 갈까 봐 안타까웠다.

물론 이 모든 건 살아난다는 전제.

일단은 환자의 목숨을 구하는 게 우선이다.

"칼."

턱.

메스를 쥔 도수가 투시력을 썼다.

샤아아아아아아.

수혈 팩에선 환자의 몸으로 피가 흘러들어 가고 있었다.

눈이 마주치자 고개를 끄덕이는 마취과 선생.

모든 준비가 끝나고, 도수는 환자의 배를 갈랐다.

제6장
실력 발휘

천하대병원 간호사들을 본 환자들은 종종 말한다. 아, 꽃밭이구나!

실제로 천하대를 찾는 환자들은 간호사들이 웃옷을 걷고 심전도 검사를 해줄 때 이상 반응이 나올까 봐 긴장한다는 얘기도 우스갯소리처럼 떠돌았다.

그중에도 눈에 확 띄는 미모의 소유자가 있었으니.

바로 응급외상센터 소속 이하연 간호사였다.

그녀는 환자들뿐만 아니라 매일같이 보는 의사들에게도 인기가 좋았다. 하루가 멀다 하고 은근한 추파나 대시를 받고 있을 만큼.

단순히 '예쁘다'는 이유만으론 부족했다.

손에 물 한 방울 안 묻혀봤을 것 같은 분위기. 온실 속 화초 같은 그녀가 환자들의 피를 손에 묻히며 궂은 일을 마다하지 않는 모습이야말로 그녀의 진짜 매력이었다.

더욱이 부유한 집안 자제라는 소문이 파다했는데, 그런 여자가 굳이 오버타임 근무가 일상인 응급외상센터에 자원해서 볼꼴 못 볼 꼴 다 봐가며 일하는 이유는 하나.

환자에 대한 열정인 것이다.

그녀는 화장기 없는 얼굴로 도수를 바라보았다.

'이 사람이… 신임 센터장.'

도수가 천하대로 오기 전, 소식을 들은 병원 전체가 충격에 빠졌다. 새로운 응급외상센터장은 모교 출신이 아니다. 인턴 실습을 마치기도 전에 센터장으로 부임한단다. 이것만 해도 전례 없이 파격적인 인사인데 고작 열아홉 살의 소년이란다.

직접 본 도수는 과연 앳됐다.

그러나 환자를 응시하는 눈빛.

이하연은 그 눈빛에서 과장들에게나 볼 수 있을 법한 노련미를 보았다. 손에 들고 있는 메스만큼이나 예리하고 치명적이었다.

보통 개복수술의 절개 면적은 15센티 이상.

그러나 도수는 10센티 정도에서 멈췄다.

절개면은 말도 안 되게 깔끔했다.

그러나.

'안쪽이 안 보일 텐데……?'

감히 수술에 개입할 수는 없었으나 다른 써전들의 수술 때보다 절개 부위가 현저하게 좁았다.

수술 성공 시 환자 몸에 흉터를 크게 남기지 않기 위한 건 좋지만, 절개 부위가 너무 좁으면 시야 확보가 힘들 수 있다.

특히 이런 다발성장기손상 환자는 더더욱.

강미소를 제외한 모두가 의문을 품는 그때.

'……!'

환자의 복부에서 피가 차올랐다.

도수는 당황하지 않고 메스를 내려놨다. 그러고는 침착하게 대응했다.

"석션… 아니, 거즈."

석션은 늦다고 생각했는지 거즈를 요구한다.

이하연이 거즈를 건네기 무섭게 도수가 환자의 배 속에 거즈를 채워 넣었다.

그리고.

촤악!!!

거즈가 수술실 바닥에 패대기쳐졌다.

배 속에 넘실대던 핏물을 빨아들이고 배 속 장기를 확인한 그는 즉시 말했다.

"칼."

턱.

이하연은 메스를 건넸지만 마스크 위, 얼굴 절반 가까이 차지한 동그란 눈을 더 크게 떴다. 깊은 속눈썹이 들리고.

'저게 보이나……?'

절개 부위가 너무 좁은데?

다시 한번 의문이 들기 무섭게.

지나치게 빨리 칼날이 파고들었다.

비좁은 절개 부위 사이로 뒤엉킨 장기들과 혈관들.

보통 사람이라면 뚫어져라 쳐다봐도 뭐가 뭔지 모를 미로 속을 거침없이 헤집는다.

깻잎 한 장 차이로 혈관과 장기들을 피해 움직이는 칼날.

보는 사람이 다 조마조마했다.

"……!"

움찔, 움찔.

이하연은 몸을 들썩였지만.

그녀 옆에서 복부를 고정시키고 있는 강미소는 감탄이 묻어나는 표정으로 태연하게 지켜보고 있었다.

손상된 조직을 절제한 도수가 말했다.

"타이 할게요."

이하연이 실과 바늘을 건넸다.

그러자.

그때부터 도수는 그야말로 귀신같이 터진 장기들을 봉합했다. 그리고 그 와중에.

"피 짜주세요."

환자 바이털 체크까지.

마취과 전문의가 말하기도 전에 선수를 친다.

무시무시한 집중력을 요하는 수술을 하는 동시에 환자 혈압까지 체크하는 건 쉬운 일이 아니었다.

물론 도수의 경우 어디까지나 투시력으로 피가 빠져나가는 게 보였기 때문이지만, 그 사실을 모르는 마취과 전문의와 이하연은 눈을 맞춰가며 놀랐다.

슥, 스윽.

끊어진 혈관을 묶고 봉합하자.

순식간에 환자의 배 속이 원상태의 모습을 찾아가고 있었다.

장기들과 혈관들이 골고루 손상됐지만, 손상 부위가 크지 않고 손상된 혈관도 치명적인 곳은 없었기에 실과 바늘을 빼고 보면 다치기 전이라고 해도 좋을 만큼 배 속이 돌아가 있었다.

"대단해요."

이하연이 자기도 모르게 감탄사를 뱉었다.

마취과 전문의도 고개를 주억거렸다.

"이사장님께서 왜 센터장으로 모셔왔나 했는데… 기가 막히는 군요."

도수는 대답 대신 가볍게 고개를 숙여 보이곤 부러진 뼈가 알아서 잘 붙도록 근육들 사이에 고정시킨 뒤 배를 닫았다.

재봉틀처럼 빠르게 살 속을 파고드는 바늘 끝. 그에 따라 길게 늘어진 실.

"컷."

툭!

"컷."

툭!

말 그대로 순식간에 봉합이 끝나 버렸다.

"수고하셨습니다."

도수의 짧은 한마디.

그의 수술을 처음 접한 마취과 전문의나 이하연 모두 침음을 삼켰다. 듣긴 들었지만 이건 상상 이상으로 신속하고 정교했다.

그들의 표정을 본 강미소는 흐뭇한 미소를 띠었다. 같은 아로대병원 출신인 도수가 압도적인 실력으로 천하대 사람들 기를 누르는 장면은 몇 번을 겪어도 뿌듯할 것 같았다.

그 순간.

이하연이 2층을 올려다보며 말했다.

"센터장님."

장갑을 벗던 도수의 시선이 2층에 서 있는 한 사람에게로 향했다.

*　　　*　　　*

한편 2층에서 도수의 수술 장면을 모두 지켜본 한 사람.

정영록은 도수의 시선을 피하지 않고 중얼거렸다.

"제법이야."

솔직히 놀랐다.

라크리마에서 행했던 도수의 수술 장면을 본 후 인턴 수준은 한참 벗어났다는 것은 이미 알고 있었다. 병원장 목을 날린 것도 아로대병원장이 워낙 구린내가 많이 나는 사람이었으니 그러려니 했다.

한데 이건 기대 이상이었다.

'그새 더 늘었군.'

라크리마에서 찍힌 수술 영상.

지금은 그때보다도 훨씬 빨라졌다.

어렸을 때부터 수술을 했다고 하니 도수의 수술 시간은 점점 더 단축됐을 것이다.

그리고 현재.

전공이 달라서 장담할 순 없겠지만, 수술의 기본이 되는 절개나 타이 면에선 '수술 천재'라고 불리는 자신도 따라가기 힘들 것 같았다.

"아버지 정도… 되려나."

그가 세상에서 가장 존경하는 써전인 아버지라면 절개와 봉합 속도 면에선 비슷할 것 같았다.

둘 중 누가 더 깔끔한지에 대해선 절개면이나 봉합 부위를 못 봐서 모르겠지만.

그 순간 시선을 맞추고 있던 도수가 가볍게 고개를 숙여 보이곤 수술실을 나갔다. 거의 눈인사나 다름없다고 느낄 만큼 성의 없는 인사였다.

"……."

꾸욱.

주먹을 쥔 정영록의 입가에 짙은 미소가 번졌다. 아버지를 넘기 전, 이 천하대병원에 넘고 가야 할 새로운 제물이 등장했다.

*　　　　*　　　　*

물론 그 같은 감정은 정영록의 전유물일 뿐.

정작 도수는 관심도 없었다.

애초에 가치관이 달랐다.

정영록이 수술을 자신의 커리어로 생각한다면, 도수는 '커리어든 나발이든 환자만 살리면 장땡'이라는 생각인 것이다.

수술실을 나서자 급히 연락을 받고 온 환자의 부모님이 서로 손을 모으고 기다리고 있었다. 눈을 감고 기도하던 두 사람이 창백한 안색으로 벌떡 일어났다.

"선생님, 어떻게 됐나요?"

"우리 은영이… 괜찮을까요?"

"위험한 고비는 넘겼습니다."

도수가 말했다.

"처음 환자분이 도착했을 때, 다발적 복부 손상이 있었습니다. 당시 환자분 상태가 당장 사망할 정도로 위급한 정도는 아니었지만 그렇다고 안심할 수 있는 상태도 아니라 한시 빨리 수술을 들어가야 했습니다. 그대로 출혈이 심해지도록 내버려 두면 정말 위험한 상황이 됐을지도 모릅니다."

"아휴, 감사합니다! 감사합니다, 선생님!"

도수의 손을 잡고 연신 고개를 숙이는 환자 어머니.

환자 아버지 역시 가슴을 쓸어내렸다.

"휴… 그럼 우리 은영이는 이제 어떻게 하면 됩니까? 입원은 며칠이나 해야 할지……."

"그건 추후 상황을 지켜보고 말씀드리겠습니다."

"수술 상처는… 남을까요?"

"네."

도수의 말에 환자 보호자들의 표정이 어두워졌다. 그때 도수가 한마디 덧붙였다.

"10센티 정도 얇은 수술 흉터가 생길 겁니다."

"아……!"

보호자들은 일반 수술에 비해 얼마나 흉터 자국이 작게 난 건지 감이 안 왔다.

하지만 뒤에서 지켜보고 있던 강미소는 누구보다 잘 알고 있었기에 설명을 거들었다.

"보통 이런 개복수술을 하고 나면 15센티 이상의 흉터가 남곤 해요. 여기 이도수 선생님은 국내에서도 손꼽히는 실력을 가진 써전이시니까 수술도 깨끗하게 됐을 테고, 흉터가 생겼다고 해도 크게 흉하진 않을 거예요."

"아! 이도수 선생님이요?"

환자 어머니가 그 이름을 알아들었다.

"그게 누군데?"

아버지가 묻고.

환자 어머니가 답했다.

"얼마 전에 TV에서 봤어. 간암 말기 환자 간이식도 성공하셨다고……."

"아! 그분!"

환자 아버지도 알아들었다.

"감사합니다, 선생님."

다시금 도수의 손을 잡는 보호자.

도수가 그리 질색하던 유명세.

그 유명세를 통해 얻은 '이름값' 하나로 환자 보호자들이 수술 결과를 신뢰하고 있는 것이다.

아마 환자였더라도 마찬가지였을 터.

그런 의미라면, 유명해지는 것도 나쁘지만은 않았다.

도수는 맞잡은 손에 가볍게 힘을 주며 말했다.

"회복 속도에 가장 큰 영향을 끼치는 건 환자의 의지예요. 특히 머리도 다친 상태기 때문에 충격이 커서 좋을 건 없습니다. 두 분께서 환자가 안정될 수 있도록 잘 이끌어주세요."

"머리요?"

보호자들의 낯빛이 하얗게 탈색된 걸 넘어 아주 노랗게 질렸다.

"머리가 어떻게 됐다는 거예요?"

"많이 다쳤습니까?"

그에 대해 도수가 대답했다.

"그 부분에 대해선 신경외과 선생님이 설명해 주실 겁니다. 제가 말씀드릴 수 있는 건 머리 쪽 2차 수술이 필요할지도 모른다는 점뿐입니다."

"아!"

환자 어머니가 비틀거렸고.

아버지가 부축하며 벽을 짚었다.

"그… 머리면……."

생각하기도 싫은지 눈을 질끈 감는다.

일반인들에게 신경외과 수술, 즉 뇌수술의 의미는 더 이상 정상으로 돌아갈 수 없을지도 모른다는 의미와 같다.

도수 역시 그 사실을 잘 알고 있기에 해줄 위로가 없었다.

"……."

"호, 혹시 못 깨어난다거나……. 어디가 불편… 해진다거나 하지는……."

차마 말을 잇지 못하고 울음을 터뜨리는 어머니. 울음소리도 들리지 않았다. 꺽꺽, 숨 넘어가는 소리만 들려올 뿐.

환자 아버지 역시 눈을 내리깔고 침묵에 빠졌다. 한참 그러고 있던 그가 입을 열었다."

"이제 열여덟 살인데… 분명히 충격이 크겠죠. 그 끔찍한 일을 당했으니."

"…그렇겠죠."

도수는 천천히 말을 이었다.

"마취가 깨면, 일단 환자는 의식을 차릴 겁니다."

"어떻게… 머리 수술도 해야 한다는 말을 그 애한테, 어떻게……."

중얼거린 환자 어머니가 물에 빠진 사람, 물가에 떠다니는 지푸라기라도 찾으려는 심정으로 물었다.

"어… 어떻게 말하면 될까요? 선생님은 저희보다야 많은 환자들을 보셨잖아요. 그러니까……."

"……."

도수는 잠시 할 말을 잃었다.

그 부분에 대해서 크게 생각해 본 적이 없었던 것이다.

라크리마에서 사고는 매일 일어나는 일상이었고, 그들을 치료하는 것조차 바빠서 '어떻게 마음을 달래야 할지'까진 신경 쓸 여력이 없었다.

그래서 도수는 자신의 기억에 빗대어 생각했다. 자신 역시 라크리마에 있던 시절, 수도 없이 충격적인 사고에 휘말리고 위험에 빠졌던 것이다.

완전히 환자의 마음을 달랠 수는 없겠지만, 그는 최선을 다해 보호자들에게 말해주었다.

"사고에 대해 굳이 상기시키실 필요는 없습니다. 말씀드렸다시피 충격을 받아서 좋을 게 없는 상태입니다. 신경외과 수술도 확실한 게 아니니 좀 지켜봐야 하고요. 그쪽 선생님한테 확실한 소견을 듣기 전까진 말씀을 아끼고 평소처럼 행동하시는 게 좋을 것 같습니다."

"아……."

"감사합니다… 선생님."

뒤에서 지켜보던 강미소는 도수에게 등이라도 두드려 주고 싶은 심정이었다. 당황하지 않고 차분하게 환자의 현실을 인지시켜 주고 보호자가 취해야 할 가장 올바른 태도까지 제시해 준다. 최선의 대처가 분명했다. 응급외상센터 특성상 날벼락을 맞은 보호자에게 환자의 죽음을 알리거나 수술 경과를 말해줘야 할 일이 다분했기에 그녀는 이 부분에 대해 중요하게 생각하던 참이었다. 많이 고민을 해왔고, 오늘 뜻밖의 사람에게 하나 더 배웠다.

바로 그 순간.

신경외과 전문의 정영록이 모퉁이를 돌아 나타났다.

"삼 주."

그는 환자의 보호자들을 보며 말했다.

"늦어도 삼 주 안에는 수술을 받아야 합니다."

도수, 그리고 강미소는 동시에 눈살을 찌푸렸다. 굳이 이 상황에 나타나서 불난 집에 기름을 부을 것은 뭐란 말인가.

지금 막 수술이 끝난 상황.

보호자나 환자가 안정을 조금 찾은 후에 이야기해도 될 일을, 정영록은 거침없이 덧붙였다.

"수술 후 코마(Coma: 혼수상태)가 길어질 수 있습니다. 다시 말해… 영영 깨어날 수 없을지도 모른다는 뜻입니다. 현실적인 문제도 있으니 잘 한번 고민해 보십시오."

생명 유지 장치를 달고 연명하는 즉시 한 달에도 수천의 비용이 나갈 수밖에 없다. 일반인들이 감당하기 힘든 액수. 게다가 깨어날지, 깨어나지 않을지도 모르는 사람을 두고 계속 밑 빠진 독에 물을 붓듯 감당키 힘든 비용을 쏟아붓는 건 환자나 환자 보호자나 피를 말리는 일이었다.

지극히 현실적인 조언이었지만 보호자들에게는 당장 그게 문제가 아니었다.

"수술을 받은 지 얼마나 됐다고, 또 수술을 하라구요……?"

"빠른 시일 내에 수술받지 않는다면 지금보다 더 위험해질 수 있습니다."

"그, 그럼 만약… 수술을 받지 않으면요?"

"따님에게 남은 시간이 길지 않을 겁니다."

"……!"

보호자들은 다시 한번 큰 충격에 빠졌다.

도수의 수술이 잘 끝나서 잠시나마 희망을 맛봤던 보호자들의 머리 위로 더 큰 날벼락이 떨어진 셈이다.

도수 역시 조금 놀랐다. 그는 환자를 처음 봤던 순간 투시력을 썼지만 뇌를 보호하고 있는 두꺼운 두개골 뼈와 경막, 지주막, 연질막까지 뚫고 뇌 안쪽을 투시하진 못했던 것이다.

따라서 그는 다른 곳을 투시했을 때에 비해 자세히 파악하지 못했다.

반면 도수가 수술하는 사이 환자의 CT 사진을 본 정영록이 말했다.

"치료비를 마련하실 때까지 모든 준비를 마쳐두겠습니다. 만약 따님 수술을 받기로 결심이 서시면 제가 직접 최선을 다해 수술해 드리겠습니다."

태연한 태도.

그리고 치료비 이야기에 환자 아버지가 움찔했다.

"…선생님 딸이라고 생각해 보세요. 잘못 될지도 모르는 수술을 받지 않으면 내 딸이 시한부 인생을 살아야 한다고요? 어떻게 그런 말을… 그렇게……."

"보호자분들께서 이성적으로 판단하셔야 합니다."

환자 어머니는 눈물이 그렁그렁한 눈으로 도수를 쳐다봤다.

"선생님이 해주세요……! 수술!"

정영록이 고개를 절레절레 저었다.

"…그 친구는 신경외과가 아닙니다. 전 이 분야 최고의 신경외과의고요."

그 어조에 본인에 대한 자부심 외에도 묘한 기대감이 배어 있었다.

"……."

도수는 알 수 있었다.

그가 보기 드문 케이스의 환자를 보고 반가워하고 있음을.

보호자들이 너무 충격을 받아 울며 쓰러진 때에야, 그의 표정이 굳었다. 하지만 그건 안타까움이나 애처로움이 아니었다.

불편함.

도수는 정영록의 팔을 덥석 잡았다.

"저 좀 보시죠."

"손 떼지."

그러나 도수는 더욱 힘을 주었다.

"이게 무슨 짓이야?"

"따라오세요."

그제야 손을 뗀 도수가 주저앉아 울고 있는 환자들을 지나쳐 수술실을 나갔고, 얼굴이 붉어진 정영록이 강미소를 보며 환자들을 눈짓한 뒤 뒤따라 나갔다.

"어디까지 가는 거지?"

도수는 대답 없이 철문을 열고 계단실로 나갔다. 그리고 정영록이 들어오기 무섭게, 몸을 돌리며 물었다.

"그렇게밖에 못 합니까?"

“뭐가?”

“상황이 적합하지 않았던 것 같은데.”

“의사로서 환자들에게 하루빨리 사실을 알린 것뿐이다. 상황이란 건 감정적으로 접근하는 게 아니야. 조금이라도 빨리 알려야 저 사람들도 슬퍼할 만큼 슬퍼하고 현실을 받아들일 거 아닌가? 한시라도 빨리 수술비 구할 곳도 알아보고, 입원비에 대해서도 생각해 볼 테고. 그리고 무엇보다 이건 보호자들이 궁금해하던 부분이다. 네가 대답해 주지 못했던 것들을, 네가 수술하는 사이 씨티 결과를 확인하고 대답해 준 것뿐이야. 머리가 얼마나, 어떻게 다쳤는지.”

“……”

“우린 저 환자만 보는 게 아니야. 우리가 환자 한 명, 한 명한테 감정적으로 굴다간 컨디션에 지장을 받을 수 있다. 그로 인해 다른 환자를 잃을 수도 있고. 내게 뭘 말하고 싶은 거지? 의술은 인술이다?”

피식 웃은 정영록이 덧붙였다.

“환자 우리 과로 어레인지 하도록.”

몸을 돌린 그가 문을 열고 나가려는 순간.

도수가 정영록의 어깨를 잡았다.

고개를 확 돌린 정영록이 불쾌한 얼굴로 말했다.

“자꾸 내 몸에 손을 대는 것 같은데.”

"손댈 만하니까요."

도수가 응급외상센터장으로서, 자기 환자를 거론하며 말했다.

"환자가 원하기 전까지 어레인지는 없습니다."

"뭐?"

정영록이 미간을 찌푸렸다.

"무슨 헛소리지? 응급외상센터에 내가 모르는 신경외과 전문의라도 들어왔나?"

"…환자 보호자는 제게 수술받길 원합니다. 환자한테 맡기죠. 당신한테 수술받을지, 내게 수술을 받을지."

"당신?"

그 호칭도 어처구니가 없는데 더 황당한 건 본론이었다. 정영록은 선뜻 그 내용을 이해하지 못했다.

"신경외과 전공도 아니면서 수술할 수 있다고?"

"저는 응급외상센터로 오기 전 인턴이었습니다."

"그래서?"

"중증 외상도 전공한 적이 없다고요."

"…설마… 진짜 하겠단 건가?"

정영록은 거의 반년 만에 웃음을 터뜨렸다.

"하하하하하! 뇌수술이 장난이야? 뇌는 그리 간단한 게 아니야!"

"보고 싶으시면 직접 어시스트 서시죠."

"뭐?"

정영록의 표정이 구겨졌고.

도수가 말을 이었다.

"제가 할 수 있을지 없을지. 저도 환자 목숨 걸고 도박할 생각 없으니까, 제가 못 할 것 같거든 막으세요."

"그렇게 해서 내가 얻는 건?"

"제안하는 게 아닙니다."

도수의 눈빛이 바뀌었다.

"당신 같은 의사한테 환자 목숨을 맡길 수 없을 뿐."

"나 같은 의사?"

정영록이 황당한 웃음을 터뜨렸다.

"난 최고야. 국내에 나보다 뛰어난 신경외과의는 없다."

그야말로 대단한 자부심. 하지만 그 같은 실력을 가지고도 '최고'란 말을 입에 담지 않는 도수가 보기에는 언짢을 따름이었다.

"그건 두고 보면 알겠죠."

그는 몸을 돌렸다.

왜 이사장이 '첫째 손주' 얘길 하면서 혀를 찼는지 알 것 같았다.

그 전까진 별다른 관심이 없었으나.

이젠 자신만의 세상에 매몰된 채 살고 있는 어리석은 사촌 형을 끄집어내서 패대기치고 싶은 의지가 생겼다. 그가 도수의 환자를 단순한 '수술 케이스'로 생각하는 마음은, 도수에게 모멸감을 주었기 때문이다.

*　　　　*　　　　*

"아까 보셨죠? 그런 의사들 때문에 의사들이 싸잡혀서 욕을 먹는 거예요."

강미소는 아직도 분이 안 풀렸는지 원래보다 말이 많아졌다.

"아니, 어떻게 그런 생각을 할 수 있지? 그 태도는 뭐냐구요."

뇌신경과 관련된 수십 권의 책을 쌓아두고 읽던 도수가 고개를 들었다.

"본론이 뭐예요? 용건 없이 같은 소리 빙빙 돌리는 스타일 아닌 것 같은데."

"흐음… 응급외상센터장 되셨다고 태도가 너무 달라지셨는데?"

"달라진 건 강 선생님도 마찬가진 것 같고."

턱.

책을 덮은 도수가 물었다.

"뭐예요, 용건이?"

"제가 들어가게 해주세요."

도수는 더 들어보지도 않고 고개를 저었다.

"신경외과 전공 안 했잖아요."

"센터장님은 하셨구요?."

"……"

"어차피 어시스트는 정영록인지 뭔지 그 사람이 선다면서요? 나머지는 저도 거들 수 있어요."

"그 자리를 제 사람으로 채울 순 없습니다. 그건 저쪽도 마찬가지고. 수술 과정을 증명해 줄 사람이 필요해요."

"수술 과정을 증명해 줄 사람이요?"

"네."

"그게 누군데요?"

도수는 적합한 사람을 한 사람 떠올렸지만, 굳이 그녀에게 말해주지 않았다.

"있습니다. 적임자가."

"어차피 물어도 말해주진 않을 테고……."

그녀는 엄지와 새끼손가락을 펼치며 말했다.

"그럼 약속해 주세요. 그 의사 소견을 뒤엎어준다고. 그 환자, 은영이 반드시 살리겠다고."

도수는 고개를 끄덕였다.

"최선을 다할 겁니다."

몇 번이나 듣는 같은 소리다.

하지만 강미소는 한 번도 본 적이 없다. 이 소릴 내뱉고 실패하는 도수의 모습을.

그래서 믿음이 갔다.

신경외과가 전공이 아닌 것으로 알고 있는데, 뇌수술을 하겠다고 달려들었다. 하지만 앞뒤 없이 달려들 사람은 아닌 걸 알고 있으니, 자신이 모르는 신비로운 구석이 어디 또 있으리라 여길 따름이다.

"믿어요."

그렇게 말한 강미소가 덧붙였다.

"그럼 전 자리 비우신 동안 환자 보러 가보겠습니다! 김 교수님도 계시니까 너무 걱정 말고 수술 준비 하세요. 삼 주면 그리 긴 시간은 아니잖아요. 파이팅!"

주먹을 흔들어 보인 그녀가 나가자.

도수는 다시 책을 펼쳤다.

이미 환자의 CT 사진을 보고 증상을 파악해 둔 상태.

일단은 뇌신경의 기본이 되는 책들을 모두 읽고, 완벽한 수술법을 이론적으로 섭렵해야 한다. 그 후에는 천하대병원에만 있는 '3D 바이오 시뮬레이터'를 통해 현재 환자의 뇌 구조를 정확히 일치하게끔 구현해 낸 뒤 그 모형으로 쉼 없이 연습할 계획이었다.

언젠가는 신경외과 분야도 공부할 생각이었지만 이런 식으로 바로 실전으로 뛰어들게 될 줄은 몰랐다.

그렇게 한참 실전을 대비하고 있는 그때.

문이 열리며 한 사람이 들어왔다.

"바쁠 줄 알았다."

철컥.

등 뒤로 문을 닫은 사람은 바로 이사장이었다.

"왜 부르시지 않고."

"삼 주 뒤 뇌수술을 준비하려면 잠자는 시간도 줄여야 할 판일 텐데?"

"……."

도수는 굳이 부정하지 않았고, 이사장이 이어 물었다.

"개두 수술도 개복수술만큼이나 자신 있는 게냐?"

"아닙니다."

"그러면?"

"제가 살린 환자가 죽어가고 있습니다. 끝까지 책임져야죠."

"환자나 보호자가 경력자를 원하면?"

"정 선생과 제 이력을 환자나 보호자에게 숨김없이 알린 뒤 직접 선택권을 줄 생각입니다. 만약 정 선생을 선택한다면 어쩔 수 없는 거고요."

'정 선생'이라고 한다.

그러나 이사장은 굳이 지적하지 않았다.

"많이 실망했나 보구나."

"네."

도수도 숨기지 않았다.

"사촌 형으로선 기대도 안 했으니 실망할 것도 없었습니다. 단지 환자를 대하는 태도만큼은 실망스럽더군요."

"이번 일에 대해 말이 많을 거다. 자칫 환자가 잘못되기라도 하면 센터장 자리를 내려놔야 할 수도 있어. 센터장이라는 자리를 위협할 만큼 큰일이다, 이건."

"알고 있습니다."

그러나 그는 조금도 굴하지 않았다.

"라크리마에선 목숨 걸고 수술했습니다. 이깟 자리 하나 걸고 수술하는 게 뭐 대수라고요. 제가 두려운 건 자리를 내놓는 게 아니라 환자가 잘못되는 겁니다."

"......"

"전 할 수 있는 만큼 최선을 다할 겁니다."

도수의 눈빛.

거기서 뿜어지는 강렬한 의지는 이사장을 처음 봤을 때부터 지금까지, 변한 것이 조금도 없었다.

그리고 그때부터 지금까지 이사장은 직접 봐왔다.

이런 눈빛으로 어떤 약속을 했을 때, 마침내 이루고야 마는 모습을.

문제는 이번에 그 굳건한 의지력이 꺾이지 않을까 하는 걱정이 든다는 점이었다.

하지만 이사장은 그를 막진 않았다.

"영록이한테 들어보니 너와 약속을 했다면서? 만약 '실패할 것 같으면 수술 중 집도의를 바꿀 수 있다'고."

"네. 환자 목숨을 담보로 걸 수는 없으니까요."

"그럼 집도의 변경 시점을 판단해 줄 참관인도 필요하겠지?"

"물론입니다."

"네가 정하면 영록이가 반대할 텐데. 영록이가 정해도 네가 반대할 테고."

"반대하지 않을 사람을 생각해 뒀습니다."

"누구로?"

잠시 침묵하던 도수가 전혀 뜻밖의 이름을 꺼냈다.

"정영훈 선생이요."

제7장

참관인들

“영훈이를?”

이사장이 눈을 크게 떴다.

정영훈.

이사장의 둘째 손자이자 정영록의 친동생이다.

“영훈이를 공정한 참관인이라고 생각하느냐?”

도수는 정영훈을 모른다.

반면 정영록과 정영훈은 한 병원에서 지낸 시간이 길다.

그러든 말든 도수는 개의치 않고 대답했다.

“그건 두고 보면 알겠죠.”

"확신하지 못한다. 그렇다면 네게 불리할 수 있다는 생각도 했을 텐데?"

"상관없습니다."

"상관없다고?"

"애초에 참관인 눈치를 볼 만큼 미흡한 수술을 할 바에는 환자 몸에 손대지 않는 게 나을 테니까."

"도대체……."

이 대담함은 어디서 나오는 걸까?

그런 의문을 품는 동시에 이사장의 눈에 도수의 얼굴과 막내딸의 얼굴이 겹쳐졌다.

'제 엄마를 쏙 빼닮았구나.'

그는 고개를 절레절레 저었다.

만약 도수의 어머니, 정영화가 딸이 아닌 아들이었다면 이 병원은 그녀의 몫이었을 터였다.

실수.

명백한 실수였다.

사위 이찬의 출신이나 강직한 성정이 마음에 들지 않아 매몰차게 내쫓았던 일이 막내딸을 영영 잃는 비극으로 돌아왔다.

"영록이와 네가 경쟁해 봐야 우리 병원은 얻는 것보다 잃는 게 많을 거다. 그래도 꼭 해야겠느냐?"

만약 무조건적으로 막을 생각이었다면 묻지 않았을 것이

다. 따라서 도수는 이사장의 눈을 피하지 않고 똑바로 보며 대답했다.

"환자를 위해섭니다."

"……."

침묵하던 이사장은 고개를 끄덕이며 뜻밖에 말을 했다.

"그렇다면 난 널 응원하마. 꼭 네 차례에서 무사히 수술을 끝내거라."

도수는 그게 이상했다.

"왜 정영록 선생이 아닌 저죠?"

"그게 환자가 원하는 것일 테니까. 그리고……."

"……."

이사장이 말했다.

"영록이는 무너져 봐야 한다. 제 아비처럼 되지 않으려면. 아무리 부모라도 자식을 바꿀 수 없듯, 나 역시 그 녀석을 바꿀 힘이 없단다."

*　　*　　*

다음 날, 도수는 환자와 보호자들을 찾아갔다.

은영이는 응급실에 실려 왔을 때와 달리 의식이 깨어 있었고, 조사를 나온 형사 둘과 함께였다.

괴로운 표정으로 고개를 돌리고 있는 은영이와 조마조마하게 세 사람을 지켜보는 보호자들.

그들을 일별한 도수가 형사들에게 말했다.

"환자는 안정이 중요합니다."

"하지만 저희도 사건 조사를 해야 해서… 시간이 너무 많이 흐르면 조사가 난항에 빠질 수 있습니다, 선생님."

"그래도 환자 안전이 우선 아닐까요? 아직 한 번 더 수술을 받아야 하는 상황입니다."

"……."

형사는 한 발 물러섰다.

"알겠습니다. 그럼 언제쯤 조사가 가능할까요?"

"환자 측에서 연락드릴 겁니다."

형사 중 한 명이 아버지에게 명함을 건네며 말했다.

"은영이가 안정 찾거든 꼭 연락 주십시오, 아버님."

"그리하겠습니다."

형사들이 빠져나가자 환자 어머니가 도수에게 말했다.

"감사해요, 선생님. 경찰이라고 신분증까지 보여주면서 조사를 하니까 어쩌질 못했는데……."

도수는 목소리를 낮췄다.

"외부적으로 정신적 충격이 가해지면 환자한테 좋을 게 없습니다. 사고 당시의 기억을 떠올리게 되니까요."

"네에, 선생님. 명심하겠습니다."

고개를 끄덕인 도수가 은영이에게 물었다.

"몸은 좀 어때요?"

은영이가 고개를 돌렸다.

"괜찮아요……."

아플 것이다.

용케 잘 참고 있었다.

도수는 오늘 환자에게 어떤 조취를 취하기 위해서 온 것이 아니기에, 환자와 보호자들을 훑으며 용건을 말했다.

"지난번에 말씀드렸던 이 차 수술에 대한 걸 말씀드리려고 왔습니다."

"저 또 수술받아요?"

은영이가 눈을 동그랗게 뜨며 물었다. 짙은 두려움. 아무리 당장 응급외상센터에 배정된 환자라고 해도 신경외과 담당인 뇌 관련 문제에 대해선 신경외과 선생이 직접 와서 이야기해 주는 것이 맞다.

그런데 정영록은 그에 대해 아직 한마디도 해주지 않은 것이다.

"지난번에 수술실 앞에서 봤던 선생님은 아직 안 오셨나요?"

"아뇨, 선생님이랑 그때 계셨던 여자 선생님만 몇 번 오시고… 그 선생님은 오신 적 없어요."

으득.

도수는 이를 악물었다. 그러나 환자들에게 내색하지 않고 말했다.

"바쁘셨나 보네요. 제가 대신 설명하겠습니다."

도수는 은영이와 눈높이를 맞추며 덧붙였다.

"일 차 수술은 잘 끝났어요. 겉보기엔 큰 부상이었는데 다행히 운이 좋아서 배 속은 상태가 괜찮았습니다."

"아……."

"이 차 수술도 잘 끝낼 거니까 너무 겁먹지 말고요. 이번엔 머리 쪽을 좀 봐야 합니다. 떨어지면서 부딪친 것 같아요."

"그, 그럼 저 반신불수나… 식물인간 같은 게 되는 거 아니에요?"

도수는 잠깐 고민했다.

보통 이럴 땐 '모두 그렇진 않아요'라고 대답을 한다.

하지만 그 말 자체가 '그런 사람도 있어요'가 된다.

환자를 불안에 빠뜨릴 수 있는 것이다.

현실 그대로 정확히 인지시키는 것과 조금 과장을 하더라도 희망을 심어주는 것.

의사는 이 두 가지 기로에서 선택을 해야만 한다.

그리고 도수의 선택은, 후자였다.

설령 이 말로 인해 후에 더 큰 책임을 떠안게 되더라도 이미 환자는 따질 수 없는 상태가 되어 있을 테니까. 보호자들 역시 돌이키기 힘든 절망 속으로 빨려 들어갈 터였다.

그에 비하면 의사가 져야 할 책임은 결코 무겁지 않다.

따라서 도수는 자신의 말에 책임질 각오를 하고 은영이를 안심시켰다.

"그런 일 없을 겁니다. 우리가 최선을 다할 테니까. 은영 씨보다 훨씬 노쇠하고 심각했던 환자도 지금은 완전히 회복해서 언제 다쳤냐는 듯 일상으로 돌아가는 모습을 수없이 봐왔어요."

"아……."

"그 전에, 선택을 해야 돼요. 누구한테 수술을 받을지."

마침내 도수는 집도의에 대한 문제를 거론했다.

"일단 저는 응급외상센터 소속이고 이렇다 할 뇌수술 경험이 없습니다. 반면 지난번에 응급실 앞에서 보셨던 정영록 선생은 수많은 임상경험을 가지고 있습니다. 그때 본인이 했던 말처럼 뇌수술 분야에선 국내 최고의 실력을 가진 써전입니다."

"알고 있어요."

어머니가 차분하게 말을 이었다.

"저희도 검색을 해봤거든요. 대단하신 분이더군요."

"그렇습니다."

도수는 부정하지 않았다.

인성을 떠나 대단한 건 대단한 거다.

뇌, 신경 쪽은 그리 호락호락한 분야가 아니었다.

하지만 환자 보호자들에게는 인성이 중요한가 보다. 스펙만 들으면 고민할 것도 없는 문제를 두고 그들은 고민했다.

"우리 애 목숨이 걸린 문제니까… 우리도 쉽게 생각할 수 없어요. 그래서 선생님한테 먼저 여쭤보고 싶습니다."

환자 아버지가 물었다.

"선생님도 그분만큼 수술을 잘해주실 수 있나요?"

"누가 더 수술을 잘한다는 건 확신할 수 없습니다."

도수가 차분하게 말을 이었다.

"하지만 이것 하나는 약속드릴 수 있습니다. 제가 그분보다 수술을 잘할 수 없다면, 제가 먼저 그분께 따님 수술을 부탁할 겁니다."

"……."

보호자들이 서로 시선을 교환했다.

과연 도수의 말을 믿을 수 있는가 하는 무언의 논의를 하고 있는 것이다.

하지만 그 대답은 뜻밖에도 환자에게서 나왔다.

"전 이 선생님한테 제 수술을 부탁하고 싶어요."

보호자들이 그녀를 보고.

은영이는 눈가를 훔치며 덧붙였다.

"그렇잖아요. 제가 죽거나 장애가 생기지 않을 거라고 확실히 말씀해 주시는 선생님한테 수술을 맡겨야죠."

그제야 결정을 망설이던 아버지가 고개를 주억거렸다.

"그래……."

어머니가 도수의 손을 덥썩 잡았다.

"선생님, 부탁드려요. 전에 수술해 주셨을 때처럼… 꼭 우리 은영이를 구해주세요."

그에 도수가 답했다.

"최선을 다하겠습니다."

언제나 같은 대답.

같은 말을 해도 언제 누구에게 하느냐에 따라 느낌이 다르게 마련이지만, 도수는 모든 환자에게 같은 생각으로 이 말을 했다.

목숨 걸고 살리겠다.

라는.

* * *

도수에게 주어진 시간은 불과 삼 주.

다시 말해 이십일 일.

하루하루 낭비할 시간이 없었다.

도수는 수술에 들어갈 때를 제외하곤 수술 준비에 주력했다.

응급실에는 김광석이 떡하니 버티고 있었기에 아무 문제없었다.

일곱 번의 응급수술.

일주일 만에 뇌신경 분야의 책들을 모조리 섭렵하고 이 주 동안 3D 바이오 시뮬레이터로 은영이의 뇌를 본떠서 실습을 했다.

하루에 수면 시간은 고작 세 시간 반에서 네 시간. 깨어 있는 시간이 대부분이니 하루가 길 법도 한데 순식간에 지나갔다.

가파르게 시간이 흐른 가운데.

마침내 환자 수술 당일이 됐다.

수술실 앞에서 만난 정영록은 손을 소독하며 도수에게 말했다.

"네가 원하는 대로 됐군."

"……."

"준비는 많이 했나?"

"네."

"어떻게 그렇게 자신만만할 수 있지?"

"당신은 어떻게 당신이 '최고'라고 하죠?"

뜻밖에 돌아온 질문에 정영록이 눈살을 찌푸렸다.

"최고니까 최고라고 하는데 그게 문제가 되나?"

"적어도 우리는 그 말을 입에 담으면 안 됩니다."

"왜지?"

"최고의 성능을 가진 컴퓨터가 있을 수 있습니다. 최고의 복서가 있을 수 있죠. 하지만 우린 정해진 룰도, 싸워야 할 적도 없습니다."

"…우린 죽음과 싸운다."

"그럼 더더욱 최고라고 할 수 없어야죠. 세상 어떤 의사도 죽음을 이길 순 없으니까. 단 한 명의 환자라도 잃어봤다면 그 말을 입에 담으면 안 됩니다. 그냥 우린 삶의 경계에 서서 최대한 끌어당기는 것뿐이에요. 죽지 말고 살라고."

슈우우우우우.

증류수에 소독약이 씻겨 내려갔다.

수도꼭지를 잠긴 도수는 항균 페이퍼로 물기를 닦으며 말했다.

"당신은 누구한테 최고가 되고 싶은 겁니까?"

질문을 남긴 그는 먼저 수술실 안으로 들어가 버렸다.

뒤에 남겨진 장영록은 이를 갈며 중얼거렸다.

"뭐라는 거야?"

"난 알 것 같은데."

이제 막 도착한 지각생 한 사람.

참관인 정영훈이 웃는 낯으로 끼어들자, 정영록이 미간을 찌푸렸다.

"왜 또 늦어?"

"나야 뭐 참관인인데. 금방 준비하지. 그나저나……."

정영훈이 눈을 반짝였다.

"뇌신경 쪽에서 형한테 도전장을 내미는 인간이 다 있네. 우리가 사촌 동생 하나는 살벌한 놈으로 둔 것 같아. 안 그래?"

"헛소리."

"방금 봤잖아? 공명심 탐내지 말고 네 할 일이나 똑바로 하라고 한 거."

"네가 하고 싶은 말이겠지."

"원래 동생들은 대개 비슷한 법이지."

씨익 웃은 정영훈은 손끝부터 팔꿈치까지 골고루 소독약을 바르며 말을 이었다.

"그래서 말인데 난 공정할 거야."

"합리화시키지 마라. 어차피 날 좋아하지도 않으면서."

"에이, 그래도 친형제가 사촌지간보단 훨씬 가깝지 않겠어?"

다시 한번 웃은 정영훈이 덧붙였다.

"그래도 난 공정하겠지만."

이런 태도가 하루 이틀이 아닌지 화도 안 내고 더 이상 상대하기 귀찮다는 표정을 지은 정영록이 몸을 돌렸다. 그리고 몇 걸음 걷다가 수술실 문 앞에 우뚝 멈춰서 고개를 살짝 틀며 말했다.

"아… 네가 모르는 게 있는데. 네가 아무리 공정하니 어쩌니 해도 저놈을 네 편으로 삼진 못할 거다."

"내 편?"

"그래. 저놈은 의사로서의 영예나 돈, 사회적 지위 같은 것에 아무 관심도 없거든. 여우 같은 우리 영감이 흔들어도 꿈쩍 않는 놈이야."

"불경하긴……."

피식 웃은 정영훈이 말했다.

"상관없어."

그러고는 나지막이 덧붙였다.

"내가 저 녀석 편이 되어볼까 하거든."

제8장

복병(伏兵)

한편 그 시각.

수술 참관실로 한 사람이 들어섰다.

천하대학병원 참관실조차 마음대로 드나들 수 있는 사람.

세계적인 제약 회사 「브라운&윌리암슨」의 한국 지사장이었다.

의료 업계에서 「브라운&윌리암슨」의 영향력은 컴퓨터 시장에서의 '마이크로소프트'나 마찬가지였다.

고개를 조아리며 로비를 하고 영업을 하는 건 일반 제약 회사 영업 사원의 이야기.

「브라운&윌리암슨」의 지사장이라면 얘기가 달랐다.

특정 업체가 아무리 컴퓨터 하드웨어를 잘 만든다고 해도 마이크로소프트에서 시장을 독점하다시피 하고 있는 '윈도(Window)'라는 소프트웨어를 배포하지 않겠다고 선언해 버린다면 그 컴퓨터 회사는 뒤처질 터.

마찬가지로, 일 년에도 몇 번씩 이전 버전보다 업그레이드된 신약을 독점적으로 개발하고 배포하는「브라운&윌리암슨」를 척진다는 건 병원 입장에선 돌이킬 수 없는 손실인 것이다.「브라운&윌리암슨」의 모든 신약들이 지금도 전국 병원에서 수술이나 처방에 쓰이고 있었으므로.

그토록 지대한 영향력을 가진 지사장은 지금 천하대병원 수술 참관실에서 한 사람에게 전화를 걸었다.

그리고 영어로 말했다.

"이학승입니다."

—아로대병원장을 날린 녀석은?

"곧 수술이 시작될 겁니다."

—대단하군. 개복수술만 해도 믿을 수 없는 실력으로 해내는데 개두 수술까지.

"뇌, 신경 쪽 실력은 확인해 봐야 합니다만……."

—접촉해 봐. 그 정도 실력이면 이번에 준비 중인 사업에도 큰 도움이 될 거다. 단순히 약 파는 회사가 아니라, 전 세계

의료산업의 선구자로 거듭날 시간을 단축시킬 수 있을 거야.

'뉴라이프 프로젝트'를 말하는 것이다.

지금의 「브라운&윌리암슨」이 있게 해준 제약업을 '단순히 약 파는 일'로 치부할 만큼 이번 프로젝트는 기존 의료계의 패러다임을 송두리째 바꾸는 시도였다.

「브라운&윌리암슨」은 여기에 명운을 걸었다.

그렇다고 해도, 도수에 대해 면밀한 조사를 마친 이학승은 확답을 할 수 없었다.

"…반골 기질이 강한 걸 보면 웬만해선 안 넘어올 것 같은데요."

—약해 빠진 소리. 한국 전체에 우리 회사 약품을 심은 사람은 어디 갔지?

"…죄송합니다."

—노력해 주게.

"……"

침묵했던 「브라운&윌리암슨」 한국지사장 이학승이 물었다.

"직책은 어디까지 생각하십니까?"

—본사 미래연구개발부 자문위원.

"……!"

이학승은 자기도 모르게 휴대폰을 떨어뜨릴 뻔했다.

미래연구개발부.

본사에서 가장 신경 쓰고 있는 부서다.

이번 '뉴라이프 프로젝트'에서 가장 중요한 역할을 담당하고 있는 곳.

그런 곳의 자문위원이라니. 바꿔 말하면 미래연구개발부 부장급이라고 봐도 무방하다.

삼십 년간 이 회사에 뼈를 묻어온 자신과 동급의 직책이 되는 셈이다.

하지만 본사 결정.

'까라면 까야지, 씨발!'

본사에서 그런 결정을 내렸다면 그만한 이유가 있다.

자신은 그저 주어진 일을 하면 된다.

그 충성심으로 여기까지 왔고, 앞으로도 바뀔 생각은 없었다.

"알겠습니다. 그렇게 제안하겠습니다."

—그래, 이번 사업은 그 녀석 때문에 복잡하게 꼬인 '심장성형제' 따위와는 차원이 다른 규모야. 알고 있겠지?

"네. 반드시 영입하겠습니다."

—그게 안 되면…….

"말씀하십시오."

—미국으로 보내.

"…예."

—이건 수십, 수백 조 단위가 아니야. 천문학적인 금액이 걸린 사업이다. 이런 사업에 자네 목 정도는 아무것도 아니겠지? 이 태풍이 모두 지나갈 때까지 부디 살아남길 바라네. 그럼.

뚝.

전화가 끊겼다.

핸드폰을 부서져라 쥐고 부들부들 떨던 이학승이 거칠게 뱉었다.

"개새끼."

십수 년 전 악몽이 떠올랐다.

그때도 지금 같은 지시를 받았다.

「브라운&윌리암슨」이 야심 차게 개발 중인 심장 성형제를 무용지물로 만들 수 있는 '완벽한 바티스타 수술'이 보편화되는 걸 막고 그에 해당하는 논문을 쓴 이찬을 해외로 발령 내 버렸다. 그리고…….

"젠장."

고개를 저으며 잡념을 떨친 이학승은 창밖으로 보이는 수술실 정경을 바라봤다.

'수술의 귀재'로 불리는 두 사람이 환자가 누워 있는 수술대를 사이에 둔 채 마주 보고 있었다.

*　　　*　　　*

도수는 길고 탐스럽던 머리카락이 깨끗이 밀려 나간 은영이의 두피를 투시했다.

샤아아아아아아.

두개골 뼈 아래로 옅은 붉은색이 눈에 들어왔다.

경막, 지주막 사이의 경막하출혈이다. 하지만 정확한 출혈 범위는 보이지 않았다.

원래 같으면 천공폐쇄배액술(Burr Hole Trephination: 두개골에 구멍을 뚫어 출혈을 빼내는 최소침습수술)로 진행을 했겠지만 씨티로 확인한 혈종은 그의 생각보다 컸다.

결국 개두술(開頭術)이 불가피한 상황이라는 뜻.

"개두술하겠습니다. 칼."

메스가 손에서 손으로 건너왔다.

도수는 다른 때보다 더 신중하게 환자의 머리에 칼을 댔다.

혈종이 있는 부위를 둥글게 절제하자 곧 하얀 두개골이 드러났다.

"이리게이션."

주사기에서 뿜어진 세척액이 피부에서 묻어난 핏물을 씻어 내렸다.

그러자 새하얀 두개골 뼈가 드러났다.

"드릴."

개두기(開頭器. Craniotome: 두개골을 여는 데 쓰이는 도구)를 말하는 것이다.

턱!

드릴을 손에 넣은 도수가 말했다.

"이리게이션 계속 해주세요."

지이이이이이잉!

드릴이 돌아가며 두개골을 뚫었다.

톱밥처럼 쌓이는 뼛가루.

주사기에서 나온 세척액이 드릴과 두개골의 마찰을 줄여주며 씻어 내렸다.

지이이잉!

정확한 위치에 구멍을 뚫어서 윤곽을 잡고.

구멍 사이에 칼집을 내 얇은 철로 된 엘리베이터(Elevater: 수술용 지렛대, 거싱기)를 밀어 넣은 뒤 지렛대원리로 들어냈다.

쩌걱!

그야말로 거친 과정을 거쳐서 드러난 경막. 그 속에 응고된 핏덩이가 눈에 들어왔다. 투시력이 있었기에, 어디부터 어디까지 응고됐는지 벗겨보지 않아도 정확히 알 수 있었다.

한데.

'저 속에 있는 건 뭐지?'

희미하게 보이는 실루엣.

경막에 응고된 핏덩이는 시커멓다고 해도 좋을 정도로 짙은 붉은색이었다.

그런데 그 뒤로, 그림자처럼 잡힐 듯 말 듯 일렁이는 뭔가가 있었다.

도수는 덜컥, 불안감이 치밀었다.

'설마…….'

경막 외에도 출혈이 일어난 곳이 있는 건가?

수많은 수술 기록을 읽었어도 찾기 힘든 케이스였다.

기계가 한꺼번에 두 곳 이상 고장 나는 경우가 드물 듯, 사람의 뇌도 한꺼번에 두 곳 이상 문제가 생기는 건 쉽지 않은 일이다.

'이래서 순순히 어시를 서겠다고 했구나!'

정영록은 봤을 것이다.

반면 도수는 씨티 사진을 보고도 경막 아래 또 하나의 출혈점이 있는지 찾지 못했다. 그만큼 미세한 출혈이 경막 아래서 일어나고 있는 것이다.

'그런데도 말해주지 않다니.'

도수가 사나운 눈길로 고개를 들자.

정영록이 물었다.

"빨리 안 하고 뭐 해? 두개골만 열고 칼자루 넘기려고?"

눈매는 흔들림이 없지만 마스크 속 입꼬리는 한껏 올라가 있을 터였다.

그는 상상도 못 하리라. 방금 도수가 경막 아래 깊은 곳에 숨겨진 미세한 출혈점까지 투시력으로 발견했다는 것을.

도수는 굳이 말하지 않았다. 아마 찾아내지 못했다면 정영록의 말처럼 결국 칼자루를 넘기는 쪽은 도수였겠지만, 이젠 아니다.

'경막부터 해결해야 된다.'

도수는 머리를 비우고 수술을 지고, 이기고의 스포츠 경기쯤으로 아는 정영록에 대한 분노를 버렸다.

어차피 정영록은 지금 도수가 뜸 들일 때 칼자루를 빼앗지 않은 걸 후회하게 될 테니까.

절호의 기회를 놓쳤다는 것을 알려주듯, 도수의 칼끝이 경막에 아주 미세한 칼집을 냈다.

틱.

"가위."

도수는 클램프로 잡고 있는 경막을 잘라서 벗겨냈다. 그러자 원색을 잃고 시커멓게 죽은 채 응고된 핏덩이가 경막을 덮고 있는 게 보였다.

"현미경 주세요."

"네!"

간호사가 현미경을 씌워주자 투시력이 증폭됐다.

샤아아아아아아.

눈을 질끈 한 번 감았다 뜨는 시간이 스쳐 가자 훨씬 더 세세한 것들이 보이기 시작했다.

그리고.

"칼."

척.

도수의 쉴 틈 없는 지시에 따라 손에 들린 의료 도구들이 정신없이 전환됐다. 그리고 이제 드디어 환자의 '뇌'에 손을 댈 순간이 된 것이다.

바로 그 순간.

"잠깐."

정영록이 도수의 눈을 마주 보며 물었다.

"괜찮겠나?"

그의 표정도 심각하게 굳어 있었다.

만약 피가 굳지 않았다면 카데터를 이용해 피를 빨아들이면 된다.

그러나 지금은 피가 응고된 상태.

쉽게 말해 메스로 살살 긁어내야 하는 상황인 것이다.

깻잎 한 장 차이의 오차만 발생하여도 환자는 저승길을 떠날 터.

하지만 도수는 그걸 알면서도 고개를 끄덕였다.

"할 수 있습니다."

"……!"

그 모습을 보던 참관인 정영훈의 얼굴에 흥분이 스쳐 지나갔다.

모두의 이목을 받은 도수가 입을 열었다.

"석션."

"…석션."

정영록은 섬세한 손길로 석션을 시작했다.

그 역시 환자가 죽어 나가는 건 원치 않았으니까.

다른 누군가 피를 빨아들인답시고 뇌에 손상을 입히면 안 되기에 직접 나선 것이다.

동시에 도수 역시 응고된 피를 메스로 살살 긁어냈다.

지주막이 손상되지 않도록.

슥, 스윽.

시이이이이익.

메스와 석션호스가 한 몸처럼 붙어서 움직였다.

두 사람 모두 최고의 써전임을 증명하듯 순식간에 응고된 피를 모두 긁어냈다.

그러자 콜라맛 젤리처럼 생긴 핏덩이가 떨어져 나왔다.

또한 두 사람의 손길이 지나간 자리는 언제 출혈이 있었냐는 듯 놀랍도록 깔끔했다.

도수는 담담했지만 정영록은 진심으로 놀라고 있었다.

'보통 놈이 아니야.'

과연 나였다면 이렇게 깔끔하고 빠르게 응고된 피를 제거할 수 있었을까?

확신할 수 없었다.

'어떻게…….'

납득도 안 갔다.

원래부터 도수의 수술 솜씨는 인정했지만 그래도 이건 아니었다.

물론 본인 말처럼 뇌를 처음 다뤄본 것은 아니겠으나 경막하출혈만 오십 회가 넘는 임상경험을 보유한 자신보다 섬세할 줄은 상상도 못 했기 때문이다.

'…그래, 수술은 기술이 전부가 아니야.'

신속함.

정교함.

두 가지로 보통 써전을 평가한다.

하지만 그 전에, 정말 중요한 덕목이 하나 있었다.

'환자의 상태를 정확히 파악하느냐' 하는 것.

이건 정영록이 질 수가 없는 판이었다. 씨티를 본 적도, 볼 시간도, 구분하는 법도 그가 도수보다 훨씬 더 잘 알고 있을 테니까. 그는 도수가 뇌실질에 미세하게 나타난 출혈까지 잡아내진 못했을 거라고. 이제 머리를 닫으려고 하는 찰나 자신이 나서서 수술을 이어가면 된다고 생각했다.

이게 바로 정영록의 마지막 히든카드. 수술에 트집을 잡을 구실이었다.

이미 주사위가 던져진 상황이었지만 이상하게 도수는 머리를 닫을 생각을 안 했다.

"…왜? 뭐 문제 있나?"

그러면 안 됐는데, 정영록은 급한 마음에 물었다. 만에 하나 도수가 뇌실질 출혈을 찾아냈다 해도, 확신할 수 없을 거라고 여긴 것이다. 환자 상태를 확신하지 못하는 것만으로도 머리를 닫게 한 뒤 칼자루를 빼앗아 올 수 있다고 생각했다.

그러나 도수는.

정확하게 말했다.

"열죠."

정영록이 눈을 부릅떴다.

"뭐?"

그는 얼마나 놀랐으면 하마터면 석션호스를 떨어뜨릴 뻔했다. 자신조차 간신히 발견해 낸 뇌실질 출혈을 찾아낸 까닭이다.

하지만 그는 영원히 모를 것이다. 애초에 그는 투시력이 있는 도수를 속일 수 없었음을.

"너 방금 뭐라고……."

도수는 정영록의 말을 무시한 채 지시를 내렸다.

"경막, 지주막, 연질막을 모두 열어야겠습니다. 다행히 경막하출혈이 난 부분과 출혈 위치가 멀지 않아요. 이대로 진행합니다."

차분하게 설명하는 도수.

반면 당황한 정영록을 번갈아 쳐다보던 참관인 정영훈의 눈매가 초승달처럼 휘었다.

'우리 형님 제대로 임자 만나셨네.'

그 말이 정답인 걸까?

도수는 한술 더 떠서 정영록에게 말했다.

"절개 들어가겠습니다. 석션."

시킨다.

"……."

"석션!"

"…후."

시켜도 해야 한다.

약속은 약속.

짤막한 한숨을 뱉은 정영록은 석션호스를 가져다 댔다.

시이이이이익!

그리고 다시금.

칼잡이 도수의 칼질이 시작됐다.

슥, 스윽!

경막을 모두 벗겨냈으니, 이제 지주막.

라이스페이퍼와 비슷하면서도 훨씬 더 얇고 투명하게 덮인 막이다. 그렇기에 아주 섬세한 손기술이 필요했다.

그 힘든 일을, 도수는 큰 어려움 없이 해냈다.

슥, 스윽!

경막에 이어 지주막마저 벗겨낸다.

너무도 손쉽게.

'어떻게 이런 일이……?'

정영록은 아무리 머리를 굴려도 이해가 되지 않았다.

개복수술과 개두 수술은 완전히 다른 수술이다.

개복수술은 수술 필드가 좁긴 해도 빈 공간을 만들 수 있지만, 개두술은 뇌실질을 조금이라도 손상시키면 안 되기 때문에 훨씬 더 섬세한 터치가 필요했다.

그런데 허구한 날 개복수술만 하던 놈이 뇌수술을 식은 죽 삼키듯 해버리는 장면이 그렇게 이질적일 수가 없었다.

그러든 말든.

도수는 남들 시선엔 전혀 관심이 없었다.

"지금부터 집중력 잃으면 환자 사망합니다. 누구 하나라도 손이 엇나가는 순간 끝이에요."

그 말에 정신을 번쩍 차린 의료진들이 바짝 긴장했다.

경막, 지주막, 연질막을 벗겨내고 마침내 뇌실질까지 도달한 상태였다.

한 꺼풀만 열면 뇌가 있기에 스치기만 해도 치명적인 곳.

그야말로 숨소리 한 번만 틀어져도 환자 목숨이 날아갈 수 있는 상황이 된 셈이다.

샤아아아아아아아아.

도수의 투시력이 다시 한번 발휘되고.

은영이의 연질막 안쪽 뇌실질 고랑에 생긴 혈종이 시야에 들어왔다.

뇌실질의 혈종은 굳어 있었다.

뇌실질 자체가 세 개의 막을 벗겨내고 접근해야 하는 심부(深部)인 만큼 시야는 더 협소해졌다. 그런 반면 훨씬 더 민감하게 다뤄야 했다.

샤아아아아아아아.

극한까지 발휘되고 있는 투시력.

앞뒤 재가면서 아낄 때가 아니었다.

'제발 버텨주길.'

도수의 몸이 먼저 축날지, 환자의 혈종이 먼저 제거될지.

가파른 줄다리기였다.

"혈종이 굳었다."

그 말은 정영록의 입에서 흘러나왔다. 그는 혈종을 자세히 관찰하고 있었다.

"항응고제를 쓰기에 너무 딱딱해."

혈종을 녹여서 카테터로 출혈을 제거해 줘야 하는데 항응고제로도 혈종을 완전히 녹일 수 없다는 뜻. 이렇게 되면 혈종을 모두 제거하지 못하게 된다.

"닫지."

그는 단념했다.

뇌실질 고랑에 직접 혈종이 생겼다면 경막, 지주막 사이에 굳은 피를 긁어내는 것과는 차원이 다른 문제였다. 이건 뇌의 가장 예민한 부분과 직접 맞닿아야 하는 문제였으니까.

결국 물리적인 치료가 불가능하다는 의미다.

하지만 도수의 생각은 달랐다.

"계속 진행합니다."

"계속하겠다고?"

정영록은 자기 귀를 의심하며 묻는 반면.

정영훈은 어깨를 떨 만큼 흥분했다.

'이거 완전 미친 새끼 아니야!'

나쁜 의미의 '미친 새끼'가 아니다.

정영훈이 깊은 회의감을 느끼고 신경외과에서 성형외과로

전공을 바꾸었던 건, 실력의 한계를 느껴서였다. 한데 불쑥 나타난 사촌 동생은 그가 상상 속에서나 꿈꾸던 일을 두 손으로 이루려 하고 있었다.

죽음의 코앞에 도달한 환자를 끌어내 생존시키는 것.

도수는 어떤 의사라도 부딪칠 수밖에 없는 아득한 벽 앞에서, 그 벽을 뚫고 나아가려 하는 것이다.

"시작하죠."

그런 것 치고 도수의 어조는 담담했다.

그때 정영록이 말했다.

"환자가 사망할 수 있다. 아니, 죽는 것보다 못한 상태가 될지도 몰라."

"여기서 멈추면 그렇게 되겠죠."

도수가 말을 이었다.

"멈추지 않으면 건강을 되찾을 수 있어요."

"희박한 확률에 네 모든 걸 걸겠다?"

"제 모든 것?"

역질문한 도수가 답했다.

"제 모든 건 이 환자를 살리는 겁니다."

"……."

"칼."

"……."

"칼을 줄지 겁쟁이처럼 도망칠지. 선택하세요."

지켜보고 있던 정영훈이 입을 열었다.

"메스는 여기……."

"아뇨."

단칼에 자른 도수는 정영록에게서 눈을 떼지 않고 말했다.

"직접 주십시오."

시간이 지체되는 건 일이 초.

하지만 각오도 안 된 의사가 이 수술실에 남아 있으면, 앞으로 남은 수술 전체에 지속적인 악영향을 미칠 위험 요소가 된다.

만약 이 수술이 끝난 시점에 환자가 잘못될 경우, 가족들 중 누구라도 수술 과정을 문제 삼는다면 이 수술실 안에 있는 의사 중 누구도 구설수를 피해갈 수 없다. 특히 수술 성공률 구십구 퍼센트에 도전하고 있는 정영록 입장에선 치명적일 수밖에 없었다. 물론 수술 성공률이 구십구 퍼센트라는 건, 애초에 생존 확률이 희박한 환자에게 칼을 대지 않는다는 것과 같았다. 하지만 그래도 상관없다. 그에게 찾아가서 '수술하자'는 대답을 듣는 순간 살아남을 확률이 백 퍼센트에 가깝다는 의미가 될 테니.

환자들은 그를 찾을 것이다.

'아버지 기록을 깨야 하는데.'

정영록은 입술을 잘근잘근 씹었다.

"나가시죠. 칼."

도수가 정영훈에게 눈길을 돌리자.

정영록이 급하게 끼어들었다.

"하지."

그래, 이번 한 번을 실패해도.

성공했을 때 얻는 명예가 더 클 것이다.

한 번에 뇌를 두 곳이나 다친 환자는 극히 드물고. 그런 환자를 살려내기란 더욱 힘든 일이니까.

애초에 그래서 수술하고 싶었던 게 사실이다.

정영록은 메스를 건넸다.

그의 눈빛에서 이번에도 '환자에 대한 열정'이 아닌, 지독하게 냉철한 이기심을 읽은 도수는 묵묵히 메스를 받았다.

'쓰레기.'

그에 대한 생각을 확정한 도수는 다시 환자 뇌 고랑 속에 웅크린 혈종에 집중했다.

도수는 투시력을 더욱 끌어올렸다.

샤아아아아아.

투시력과 현미경의 도움을 받아 혈종의 위치와 형태가 선명하게 들어왔다. 두개골 뼈를 자르고 세 개의 막을 벗겨냈기에 가능한 현상.

"후."

짧게 숨을 뱉은 도수는 호흡을 멈춘 채 예리한 칼끝을 놀렸다. 메스 끝에서부터, 손으로 신경이 이어지는 느낌이 들었다. 오로지 감각에만 의지해야 하는 영역. 마치 심해(深海) 속에 발을 들인 것처럼 막연한 두려움이 덮쳤다.

'닿으면 안 된다.'

메스가 뇌의 표면에 닿으면 안 된다. 아슬아슬하게, 닿지 않고 혈종을 제거해야 한다. 깨끗하게 제거해야 하니 뇌 표면과 눈곱만큼의 간격도 남기면 안 된다.

'할 수 있어.'

도수는 자신을 믿었다.

감각을 믿고 경험을 믿었다.

수 밀리미터의 오차만으로 환자의 생사가 결정될 수 있는 상황. 은영이의 창창한 미래가 오로지 도수의 칼끝에 달려 있었다.

스으으으으윽.

현미경.

그리고 극대화시킨 투시력이 서로 시너지를 일으켰다.

남들은 절대 보이지 않는 뇌 표면과 혈종의 경계선.

그 경계선을 따라 메스를 놀렸다.

미세한 떨림도 없이.

문득, 두려움이 썰물처럼 밀려들었다.

"후……."

만약 찰나라도 망설이게 된다면 돌이킬 수 없는 실수를 할 수 있었다. 단 한 번의 실수가 더 큰 실수를 불러올 테고, 환자의 뇌는 벌집이 되고 말 것이다.

그러나 도수는 날선 집중력으로 공포를 뚫었다.

스읏, 슥…….

뇌 표면에 유착돼 있던 혈종이 베어져 나가며 제거됐다. 이는 투시력을 극대화한 도수만이 가능한 일이었기에, 정영록은 눈을 부릅떴다.

"……!"

그는 믿을 수 없었다.

이게 말이 되는가?

이건 말이 안 된다.

그의 상식선에선 불가능했다.

원래 뇌 표면에 혈종이 항응고제도 듣지 않을 정도로 굳어버렸다면 환자를 포기할 수밖에 없는데, 도수는 그 혈종을 경막 위에 굳은 피를 떼어내듯 절제하고 있는 것이다.

'더 이상 출혈이 없다.'

출혈이 없다는 건 메스 끝이 뇌 표면을 교묘하게 스치지 않고 혈종만 긁어내고 있다는 뜻이다.

'이… 이런 게 가능하다고?'

도수가 수술하는 것을 처음 봤을 때, 아버지를 떠올렸다. 그만큼 도수의 수술 실력은 귀신같았다.

거기까진 인정.

하지만 인간의 수술 실력을 벗어난 신기(神技)는, 단연코 평생 처음 보는 장면이었다.

정영록은 놀라고 당황했을 뿐이지만.

함께 이 장면을 보고 있는 정영훈은 경이로움을 느꼈다.

'…당연히 내 편이 될 수 없지.'

부르르 주먹이 떨린다.

'이런 써전을 누가 품을 수 있겠어?'

환자들의 것이다.

신만이 품을 수 있는 존재다.

사람을 살리라고 하늘이 보낸 신의(神醫)다.

크리스천들이 주장하는 대로 예수님이 인간의 영혼을 살리기 위해 신이 보낸 구원자라면, 도수는 인간의 생명을 살리기 위해 신이 보낸 구원자였다.

정영훈은 그런 말도 안 되는 생각이 들 정도였다.

슥.

칼끝이 굳은 혈종을 교묘하게 뇌 고랑 밖으로 끌어냈다. 뇌 표면은 스치지도 않고 말이다.

"집게."

도수는 클램프를 받아서 혈종을 떼어냈다.

"말도 안 돼."

정영록은 직접 보고도 믿을 수 없었다. 메스로 혈종을 긁어냈는데 뇌혈관들이 거미줄처럼 퍼진 뇌실질에선 아무런 출혈이 일어나지 않고 있었다.

수술실 안에 있는 모두의 눈이 토끼 눈이 되었지만, 정작 도수는 차분하게 메스를 건네주고 읊조렸다.

"타이."

봉합침, 봉합사가 손에 들어왔다. 이제 잘라낸 반대 순서로 안쪽에서부터 연질막, 지주막, 경막을 모두 되돌려 놔야 하는 것이다.

슥, 스윽.

투명하게 보일 정도로 얇은 연질막, 지주막, 경막이 도수의 미세한 움직임에 따라 원래 형태로 붙고 있었다. 누군가 이 수술을 본다면 한 점 망설임 없이 말할 터였다.

'완벽한 수술'이라고.

경막까지 봉합한 도수는 그제야 투시력을 풀었다.

"현미경 벗겨주세요."

간호사가 도수한테서 현미경을 벗겨냈다. 그러자 이제야 보통 시야로 돌아왔다. 현미경에 투시력까지 사용한 시야와는 완전히 달랐기에, 도수는 머리가 핑 돌았다.

"후."

아주 잠깐 비틀거리는 그를 향해 간호사가 물었다.

"선생님, 괜찮으세요?"

이하연이었다. 그녀는 존경 어린 눈빛을 보내고 있었다. 열아홉 살의 새로운 센터장이 지금껏 본 적 없는 실력을 발휘하며 정영록을 찍어 눌렀기 때문이다.

정영록의 성깔은 병원 사람들 모두가 알고 있었지만 전 센터장도, 다른 과장급 인사들도 그를 함부로 대하지 못했다. 이사장의 손자, 그리고 압도적인 실력을 가진 써전이라서.

그런데 새로운 이사장의 손자는 그딴 걸 신경도 쓰지 않았다. 하긴, 같은 성골에 실력마저 정영록을 한참 넘어섰으니 당연한 일인지도 모른다.

어쨌든 이 수술 결과는 머지않아 병원 전체에 퍼질 터였다.

그러든 말든 도수는 일관되게 수술에만 맹목적이었다.

"괜찮습니다. 다시 타이."

다른 때 같으면 마무리 정도는 정영록에게 맡기겠지만, 그는 이번만큼은 그러지 않았다. 직접 두개골을 닫고 두피 클립을 푼 뒤 다른 크기의 봉합침과 봉합사를 받아 두피를 꿰맸다.

뇌도 다루는 마당에 그 정도는 식은 죽 먹기. 바람 같은 속도로 수술이 마무리됐다.

스윽.

환자의 민머리를 한 번 쓸어준 도수가 고개를 들고 말했다.

"수고하셨습니다."

*　　　　*　　　　*

저벅, 저벅.

도수가 수술실에서 나오자.

먼저 와서 기다리고 있던 「브라운&윌리암슨」 한국지사장 이학승이 박수를 쳤다.

짝, 짝, 짝, 짝…….

"대단합니다. 정말 대단해요."

만면에 미소를 띤 그.

도수가 물었다.

"누구신지."

"전 「브라운&윌리암슨」의 한국지사장 이학승이라고 합니다."

그가 명함을 건넸다.

힐긋 확인한 도수가 물었다.

"제약 회사?"

"그렇습니다."

"저를 찾아오실 이유가 없을 텐데."

"있습니다. 그것도 굉장한 희소식과 함께 왔습니다. 하하하, 수술 때문에 피곤하시겠지만……."

"피곤합니다."

"……."

이학승은 다시 웃었다.

"하하하핫, 그래도 잠시만 시간 내주실 수 없을까요? 오 분 안에 끝내겠습니다."

오 분 정도야.

도수는 고개를 끄덕였다.

"그러시죠."

두 사람은 병원 내 휴게실로 향했다.

그 뒷모습을 본 정영록이 미간을 찌푸렸다.

"이학승 지사장 아니야?"

"그런 것 같기도 하고……."

정영훈이 눈매를 좁히며 고개를 갸웃했다.

"근데 저 치가 왜 우리 사촌 동생이랑 같이 있지?"

둘 모두 경영권에 관심이 있었기에 이학승에 대해선 잘 알고 있었다.

그래서 더 궁금했다. 「브라운&윌리암슨」의 한국지사장이 일개 의사를 볼 일이 뭐가 있단 말인가?

"……."

정영록이 의문에 빠진 얼굴로 서 있는 그때.

정영훈이 고개를 돌리며 말했다.

"섭섭한 거 아니지? 너무 수술을 잘해서 내가 굳이 공정할 필요도 없던데?"

"사람 긁지 마라."

"에이, 형님도. 환자가 살았으면 좋은 거지."

"좋은 건 좋은 거고……."

정영록은 도수가 있던 곳을 뚫어져라 쳐다봤다.

"그 자식, 우리 아버지도 못 하는 수술을 해냈어."

"흠흠. 우리 병원에 아주 훌륭한 인재가 들어왔군."

"이게 뭘 의미하는지 몰라서 신난 거냐?"

"응? 뭘?"

"너랑 내가 밀려날 수도 있다는 뜻이다."

"에이. 형이 형 입으로 말했잖아? 저 녀석, 아무 관심 없다고."

"저놈이 아무리 보통 아닌 놈이라도 우리 영감만 하겠어?"

"수술 실력과 경영은 별개기도 하고……."

"저 실력이면 엄청나게 유명해질 거다. 인턴 때부터 아로대 병원장을 날릴 만한 담력. 수술 실력에 인지도까지. 관계가 없겠어?"

"……."

"자칫하다간 눈 뜨고 코 베인다. 한가한 소리 말고 네 밥그릇이나 잘 챙겨."

그렇게 말하고 제 갈 길을 가는 정영록. 그의 표정은 처음 수술실에 들어올 때와는 비교도 할 수 없이 어두웠다.

반면 정영훈은.

빙그레.

웃었다.

"흐음… 그나저나 「브라운&윌리암슨」은 또 무슨 일이려나?"

제9장

뜻밖의 손님

도수와 마주 앉은 「브라운&윌리암슨」 이학승 사장이 입을 뗐다.

"피곤하실 테니 단도직입적으로 말씀드리죠."

"네."

"세계 최고의 제약 회사인 저희 「브라운&윌리암슨」에서 진행하는 사업이 있습니다. '뉴라이프 프로젝트'라고, 수술 로봇에 관한 사업입니다. 이 프로젝트에 가장 중요한 역할을 수행하는 본사 미래연구개발부의 자문위원이 되어주십시오."

수술 로봇?

도수는 고개를 갸웃했다.

"수술을 보조하는 로봇은 이미 개발된 걸로 알고 있는데."

"자세한 내용을 말씀드리지 못하는 걸 양해해 주십시오. 회사 내부 사람이 되시면 전부 알게 되실 내용입니다."

"글쎄요. 별로 알고 싶지가 않아서."

"백 배."

"……?"

"현재 연봉에 백 배를 받게 되실 겁니다."

도수는 놀라지도 않고 피식 웃었다.

"그 돈을 어디 써요?"

전혀 예상치도 못한 대답에, 이학승은 말문이 막혔다.

"그게 무슨……."

"관심 없다는 뜻입니다."

환자, 수술.

이것과 아무 관련 없는 일이기에, 아무 관심이 없었다.

단도직입적인 대답에 이학승이 크게 한숨을 내쉬었다.

'또 그딴 짓을 할 순 없지.'

도수의 아버지 '이찬'의 논문이 발표되는 걸 막았던 과정이 떠올랐다. 그땐 어쩔 수 없이 그 같은 일을 했지만 다시 한번 손에 구정물을 묻히고 싶진 않았다. 해서 그는 자신이 할 수 있는 최고의 제안을 던졌다.

“돈에 관심이 없으셔도 이건 관심이 생기실 겁니다. 심장 성형술에 관련된 아버님 논문. 국내에서 발표하실 수 있도록 도와드리죠.”

“……!”

도수의 눈이 커졌다. 그리고 눈빛은 예리해졌다.

“무슨 뜻이죠?”

“이도수 선생님의 인터뷰를 봤습니다. 아버님 논문을 아로대병원장이 중간에서 탈취했다고요. 그 일 때문에 병원장과도 척을 지고 나오신 것 같고… 저희는 세계적인 기업입니다. 저희가 전폭적인 지원을 한다면 이도수 선생님은 아버님 논문을 대신 발표할 수 있으실 겁니다. 이곳 한국에서요.”

“이번 건 제법 흥미롭네요.”

도수는 서두르지 않고 차분하게 눈을 빛냈다. 그 시선 끝에 머무른 냉기 때문인지, 이학승은 이상하게 오한이 들었다.

그가 싸늘한 느낌에 대해 고심하기도 전에, 도수가 먼저 입을 열었다.

“관심이 생길지, 그렇지 않을지는 지사장님 대답에 달렸습니다. 질문 하나만 하죠.”

“…하시죠. 질문.”

“이 일과 관련이 있습니까?”

"…예?"

이학승은 심장이 철렁 내려앉았다.

그러든 말든 도수가 이어 물었다.

"「브라운&윌리암슨」이란 곳이 이 일과 관련이 있냐는 뜻입니다."

"그건……."

당황한 이학승이 말을 잇지 못하자.

도수가 고개를 끄덕였다.

"말씀하신 것처럼 관심이 생길 것 같네요. 「브로운&윌리암슨」."

"…무슨 말씀이신지……."

"제안에 대한 대답부터 해드리겠습니다. 제 대답은 거절입니다."

"왜… 입니까?"

"제가 살아오면서 가장 많이 느꼈던 건 '세상에 공짜는 없다'는 겁니다. 「브라운&윌리암슨」이 제 평생의 숙원 중 하나를 풀어준다면 그만한 이유가 있겠죠. 가령 아버지 논문을 막은 것에 대한 속죄라든지."

"저희가 그 논문을 막았다고 확신하시는 겁니까?"

"아직 확신은 아니에요. 하지만……."

"하지만?"

"하나의 가능성이죠. 당연한 얘기지만 그런 곳과 손잡을 순 없습니다. 전 수술 로봇인지 뭔지에 대해서도 궁금하지 않고, 그렇게 많은 돈도 필요 없거든요. 그리고 하나 더."

"…말씀하십시오."

"다시 한번 「브라운&윌리암슨」이 제 아버지 일에 원흉이라고 가정해 보죠. 그런데도 얼마 전까지도 철저하게 막으려던 아버지 논문을 발표하게 도와준다? 수술 로봇인지 뭔지가 아버지 논문을 던져줘서라도 해결해야 할 만큼 중요한 과제란 건데, 제가 그걸 돕겠습니까?"

철렁.

다시 한번, 이학승은 간담이 서늘했다. 마치 도수의 시선이 한 자루 칼처럼 심장을 꿰뚫고 있는 느낌이다. 그 칼을 뽑는 즉시 즉사할 것처럼 조마조마했다. 그의 마음을 아는 걸까?

도수는 기어코 칼을 뽑았다.

"막으면 막았지."

"……!"

이학승은 자신이 큰 실수를 범했다는 사실을 깨달았다. 그리고 서둘러 말했다.

"생각이야 본인 마음이니 가정하는 것까지 막진 않겠습니다만… 그저 가정뿐인 일을 확신처럼 말씀하시는군요."

"제가 그랬나요?"

도수는 빙그레 웃었다.

"그렇게 들리셨다면 죄송합니다. 추후에도 제 가정이 확신으로 바뀌지 않길 바랄 뿐입니다. 그럼 전 수술 때문에 피곤해서 먼저 일어나 보겠습니다."

드르륵.

몸을 일으킨 도수가 뒤돌아섰다. 돌아선 그의 눈이 사납게 번뜩였다.

'「브라운&윌리암슨」.'

그는 확신했다.

그곳이 아버지 논문이 가로막힌 것과 밀접한 연관이 있음을.

한편, 그의 뒷모습을 보고 있던 이학승 역시 고개를 저었다.

'결국 이렇게 되는 건가?'

한 방에 도수가 추론해 낼 줄은 몰랐다. 막상 직접 맞상대해 보니 생각했던 것보다 더 영리하고 야생적인 놈이었다. 하지만 그것뿐, 어차피 「브라운&윌리암슨」의 계획에 차질이 생길 일은 없었다.

'또 한 번 더럽게 꼬이긴 하겠지만…….'

접촉 실패.

그게 다였다.

아쉽긴 해도 도수가 어쩔 수 있는 기업이 아니었으니까. 본인이 사실을 알아챘다 해도 위험해지는 건 기업이 아닌 도수일 것이다.

*　　　　*　　　　*

짧은 만남을 가진 도수는 맥이 다 풀린 채 응급외상센터 의국으로 향했다.

조금이라도 눈을 붙일 심산이었다.

그래야 또 투시력을 쓸 수 있을 테니까.

언제 응급환자가 실려 올지 모르는 응급실에선 항상 대비가 되어 있어야 한다.

그가 응급실을 가로지르는 그 순간.

강미소가 팔을 붙잡았다.

"센터장님……!"

도수는 그녀가 이번 수술에 대한 이야길 할 줄 알고 벌써부터 피곤해지려 했는데, 정작 강미소는 다른 이야길 꺼냈다.

"센터장님을 꼭 좀 빨리 뵙고 싶다고 찾아오신 환자분이 계세요. 빨리 가보셔야 할 것 같아요."

"환자분?"

"네."

환자라니.

도수는 걸음을 돌렸다.

응급실 침대에 엉덩이를 걸치고 있는 백발이 성성한 노인은 가슴을 부여잡고 있었다. 그녀는 도수를 보자마자 대뜸 말했다.

"선생님, 요즘 흉통이 너무 심합니다……."

흉통?

도수가 물었다.

"다른 증상이 있으신가요?"

"난 확장성 심근병증 진단을 받았어요. 심장이식을 해보려 했지만 체질상 그것도 힘들다는 판정을 받았고요."

"……!"

도수가 눈을 크게 떴다.

확장성 심근병증이라면 바티스타 수술의 대상이 되는 심장 질환이기 때문이다.

역시, 환자는 천천히 말을 이었다.

"한 달 전쯤인가, 이사장님한테 연락을 받았습니다. 바티스타 수술이 필요한 분들을 모집하고 있다고… 그땐 괜히 수술받다가 잘못될까 봐 미루고 있었는데. 요 며칠 흉통이 너무 심해서 이렇게 직접 이도수 선생님을 찾아왔어요."

도수가 눈을 빛냈다.

샤아아아아아아.

투시력이 발휘되고.

확장성 심근병증이 폐색전증(Pulmonary Thromboembolism: 심부정맥의 혈전이 이동해 폐혈관을 막은 상태)으로 이어진 게 보였다.

즉, 흉통은 폐색전증으로 인한 것이었다.

확장성 심근병증이 폐색전증이란 증상을 동반했다는 건 이미 우심부전(Heartfailure: 우측 심장기능 저하로 신체에 혈액을 제대로 공급하지 못해 생기는 질환)이 왔다는 뜻. 이 정도면 이미 말기라고 할 수 있었다.

간단히 말해 심장에 시한폭탄을 달고 있는 것과 같다.

더 큰 문제는 이대로 시간이 흐를수록 폭탄이 터질 확률이 올라간다는 것.

아니, 지금 터져도 이상하지 않다.

그리 판단한 도수가 고개를 돌렸다.

"강미소 선생님, 응급수술 하나 잡아주세요."

"으, 응급수술이요?"

강미소가 보기엔 할머니의 상태가 그리 나빠 보이지 않았기에 던진 질문인데, 도수는 고개를 끄덕였다. 지금껏 틀린 적이 없는 도수였으므로 그녀는 의심을 가지지 않고 대답했다.

"네……! 지금 바로 잡을게요."

도수는 다시 할머니를 보았다.

머리끝부터 발끝까지 고급스러워 보이는 액세서리와 복장으로 치장하고 있었다. 그러고 보니 곁에 정장을 입고 서 있는 청년 또한 가족 같지 않았다.

"일단 간단한 검사부터 하겠습니다."

도수가 근처를 얼쩡거리고 있던 간호사 이하연에게 말했다.

"에코카디오그래피(Echocaiorgraph: 심장초음파) 해주세요."

"네!"

이하연이 할머니에게 붙자.

할머니를 보필하던 정장 입은 남자가 반대쪽을 부축했다.

"가시죠."

"끄응."

자리에서 일어난 할머니는 도수를 보며 말했다.

"나 좀 살려줘요. 아직 할 일이 남았어."

도수는 고개를 끄덕였다.

"최선을 다하겠습니다."

그리 말은 했지만.

방금 전까지 고난도의 뇌수술을 하면서 투시력을 극한까지 쓴 상황이었다. 지금도 툭 치면 쓰러질 정도로 지친 마당에, 다시 지속적인 투시력을 쓰면서 수술하는 건 불가능했다.

방금 전 환자의 상태를 확인한 것만으로도 머리가 핑 돌 정도였으니까.

'바티스타 수술이 가능한 의사는 나 하나.'

그를 기다리고 있던 환자의 경우 바티스타 수술을 제외하곤 이렇다 할 치료법이 남아 있지 않았다.

'미뤄야 하나?'

아니.

지금도 환자 상태는 꾸준히 안 좋아지고 있다.

언제 심장마비가 와서 쓰러져도 이상하지 않은 상태.

괜히 '응급수술'에 들어가려고 강미소에게 지시한 것이 아니다.

'믿어야 한다.'

도수는 자신의 손을 내려다봤다.

그는 다른 써전들에 비해 수술할 때 힘을 빼고 부드럽게 칼을 다루는 편이었다.

그럼에도 긴장과 열이 잔뜩 올라 있었다.

'할 수 있어.'

꽈악.

주먹을 말아 쥐었다.

이미 아버지의 논문을 수도 없이 읽었다. 눈을 감으면 부모님이 해외에서 진행했던 수술 과정이 영상처럼 펼쳐질 만큼.

그만큼 깊이 파고들었기에 한층 더 발전된 수술법을 개발할 수 있었다. 그렇게 발전시킨 수술법을 수도 없이 떠올리고 연습했다.

물론 당시에는 3D 바이오 시뮬레이터가 없었기 때문에 실제 환자의 심장 모양을 만들어서 연습하진 못했지만, 다양한 케이스를 고려해 심장 성형술을 수 없이 반복했던 것이다.

그때 곁에 다가온 레지던트 이시원이 물었다.

"센터장님, 괜찮으세요?"

"김 교수님은요?"

갑작스러운 도수의 질문에 이시원이 볼을 긁적였다.

"아……! 수술 들어가신다고 하셨어요."

"…젠장."

"예?"

"아닙니다."

최고의 어시스트도 자리를 비운 상황.

이제 혼자서 투시력 없이, 일반 의사들이 수술하듯 난이도 극상의 심장 성형술을 해내야만 하는 상황에 처한 것이다.

악재가 겹친 셈이었지만.

도수는 수술실로 올라가는 엘리베이터로 향하며 이시원에게 말했다.

"방금 수술받은 김은영 환자 신경 좀 써주세요. 전 다시 수술 들어갑니다."

"예? 방금 수술 마치셨는데… 다른 교수님들도 계시잖아요?"

"수술할 수 있는 분이 없어요."

"예? 어디가 아픈 분이길래……."

"확장성 심근병증입니다. 저 말고 다른 분이 들어간다고 해도 바티스타 수술이 필요해요."

"아!"

이시원은 입을 닫았다.

흉부외과 과장이 와도 바티스타 수술을 시도하진 않을 것이다.

바티스타 수술.

확장성 심근병증에서 심실의 확장으로 인한 심실 기능 저하를 되돌리는 수술이다. 심실 부피를 줄이기 위해 좌심실의 외측 자유벽을 절제하고 일 차 봉합해 심실의 용적을 축소시킨다.

하지만 이 수술은 심실의 기능과 관계없이 무작위로 외측벽을 절제하기 때문에 효용성에 문제가 있었다. 따라서 현재는 시행되지 않고 있는 수술이기도 했다.

"그… 수술을 진짜 하시려고요?"

이시원이 말을 더듬으며 물었고.

도수가 대답했다.

"그냥 두면 환자는 사망합니다. 제게 새롭게 개량한 바티스타 수술이 있어요. 환자는 그 수술로 살립니다."

제10장
심장 성형술

우르르르르.

이사장이 움직이자 천하대병원 의사들이 다 함께 수술 참관실로 향했다.

흉부외과 과장 김한철은 굳은 표정으로 이사장 곁에 서 있었다.

'바티스타라니.'

만약 천하대병원 내에서 그 수술을 하는 사람이 있다면 그건 자신이 되었어야 했다.

하지만 그는 도전할 생각이 눈곱만큼도 없었다.

'테이블 데스(Table Death: 수술 중 환자가 사망하는 일)가 날 거야.'

도수가 남들은 넘보지 못할 만큼 뛰어난 수술을 가진 써전이란 건 이미 귀 따갑게 들어서 알고 있었다. 자세한 내막은 모르지만 방금 전 어려운 신경외과 수술도 마쳤다고 한다.

하지만 심장 성형술은 또 다른 문제였다.

현대 의학에서조차 아직 완성된 수술로 인정하지 않고 있는 수술이기 때문이다.

'그런데 왜…….'

어째서 이사장은 손자를 지옥 구덩이에 빠뜨리려는 걸까?

평소에 승산 없는 싸움을 벌이지 않는 이사장의 깊은 심계(心界)를 고려해 보면 이상한 일이었다.

그때 불쑥.

이사장이 말을 걸었다.

"김 과장."

"…예, 이사장님."

"아무래도 흉부외과가 담당해야 할 환자를 이도수 선생에게 넘긴 걸 납득하기 힘들 거야."

"그럴 리가요. 이도수 선생을 데려올 때부터 예정됐던 일인데요."

"사람 마음이 어디 그렇겠나?"

"괜찮습니다. 하하하하. 이도수 선생이 꼭 그 환자를 살리길 바랄 뿐입니다."

"김 과장 같이 의사로서 본분에 충실하신 분이 우리 병원에 있어서 다행이네."

"별말씀을요. 그런데 하나만 여쭤봐도 되겠습니까?"

"그러게."

"환자가 누군지……."

이사장의 주변인이라고 했으니 범상치 않은 인물일 것이다. 하지만 이사장의 입 밖으로 나온 이름은, 김 과장의 걸음을 멈추게 만들었다.

"임옥순 여사일세."

"이, 임옥순 여사요?"

철렁.

심장이 내려앉은 김한철은 동요를 숨기지 못했다.

"오성그룹 임옥순 여사 말씀이십니까?"

"그래."

이사장은 담담하게 대답했지만.

김한철은 결코 담담할 수 없었다.

'이런……!'

바로 납득이 됐다.

손해 볼 짓을 절대 하지 않는 이사장이 왜 직접 도수에게 환자를 보냈는지.

오성그룹의 안주인인 임옥순 여사의 환심을 살 수만 있다면 막내 손자의 명운을 걸어서라도 해봄직했다.

심장 성형술이 아니라 심장을 만들어 오라고 해도 한번 시도해 보고 싶어질 정도니까.

"이사장님……! 어떻게 임옥순 여사를 그런 초짜 의사한테!"

김한철은 감정을 드러냈고.

이사장이 빙그레 웃었다.

"모든 환자는 평등하네. 그렇지 않은가?"

"…그렇습니다."

"자네는 환자의 신원을 몰랐을 때 바티스타 수술을 하지 않겠다고 했어."

"……."

김한철은 할 말이 없었다.

물론 성공을 장담할 수 없는 바티스타 수술을 임옥순 여사한테 직접 할 생각은 없었다. 표준 치료가 아닌, 도저히 방법이 없는 경우 쓸 수 있는 대체 치료였으니까.

하지만.

자신의 수제자 정도는 걸어볼 수 있었다.

그렇게라도 천하대병원 흉부외과의 위상을 드높이고, 그 자신도 오성그룹에 줄을 댈 수 있다면 남는 장사인 것이다.

그는 못내 아쉬운지 한마디를 덧붙였다.

"…저, 이사장님. 아직 늦지 않았습니다. 저희 과 에이스 진우를 보내서 이도수 선생을 거들라고 하겠습니다."

"왜 이렇게 적극적이 됐나? 정말 우진우 선생이 바티스타 수술에 도움이 될 거라고 생각하나? 자네가 직접 나선다면 모를까."

"그건……."

"오늘은 일단 믿고 지켜보게. 오성병원에서도 사모님께 이렇다 할 치료법을 제시하지 못했다더군. 그쪽도 바티스타 수술을 하겠다는 의사가 없는 게야. 하지만 우리는 있지 않은가. 자기 인생을 걸고 수술을 하겠다는 녀석이."

이사장은 여느 할아버지가 그렇듯 손자를 자랑하듯 말했지만 김한철은 눈을 질끈 감았다. 이미 자신이 보인 언행들로 인해 이사장의 그물망에 걸려들었다는 사실을 직감한 것이다.

'젠장.'

이사장은 호락호락한 사람이 아니었다. 스스로의 욕심에 잡아먹혔던 김한철은 참관실에 도착해서야 방금 자신이 보인 행동을 후회하기 시작했다.

*　　　　*　　　　*

한편 수술실에 들어선 도수는 자신의 몸 상태를 체크했다. 극도로 피로한 건 당연했다. 이 이상 투시력을 많이 쓴다고 써봐야 한 번.

그 이상 무리를 했다간 사망하는 건 환자가 아닌 자신일지도 모른다는 생각이 들었다.

스르륵.

도수는 눈을 감았다.

'할 수 있다.'

투시력에 의지하지 않고도 충분히 가능하다는 게 도수의 판단이었다. 어차피 열어야 할 곳도, 손대야 할 곳도 확실한 상황이었다. 아버지의 논문을 보완한 새로운 논문을 쓰면서 수도 없이 머릿속으로 수술 과정을 그려왔다. 이제 남은 건 집중과 몰입.

'환자 몸은 하나의 유기체(有機體).'

함께 호흡하면서 움직여야 한다.

바티스타 수술은 심장을 절제하고 봉합하는 수술. 그야말로 환자를 죽였다 살리는 수준의 수술이기 때문에 써전의 감각적인 부분이 큰 비중을 차지한다.

그리고 도수의 수많은 경험들이 그 빈틈을 메워줄 것이다.

번쩍.

눈을 뜬 도수는 수술실 안의 구성원들을 훑었다.

마취과 전문의, 어시스트 강미소, 김용찬, 간호사 이하연, 인공심폐기 기사.

자신까지 여섯이다.

바티스타 수술의 평균 소요 시간은 네 시간 정도.

도수는 드디어 대장정의 첫발을 뗐다.

"오늘 우리가 해야 할 수술은 바티스타 수술을 개량한 심장 성형술입니다."

의료진들의 표정에 긴장감이 스쳤다.

오직 도수만이 담담하게 말을 이었다.

"아무것도 신경 쓸 필요 없습니다. 제 지시에만 집중하세요."

끄덕끄덕.

모두가 고개를 끄덕이고.

이를 확인한 도수는 환자의 가슴을 보며 말했다.

"칼."

턱.

손아귀에 칼자루가 들어왔다. 지금부터 하려는 수술의 위험성을 경고하듯, 빛을 받은 메스 날이 번들거렸다.

하지만 도수는 망설이지 않았다.

스으으으윽.

피부가 갈라지며 피가 흘렀다.

"톱."

턱.

도수는 전동 톱을 환자의 뼈로 가져갔다.

지이이이이이잉.

과격하게 뼈를 잘라낸 그가 말했다.

"립 스프레더(Rib Spreader: 개흉기)."

가슴을 열린 채 고정시킨 뒤.

"보비(Bovie: 전기메스)."

심막을 절개했다. 연기가 나며 절개 부위가 타 들어가고, 심장을 보호하고 있던 심막이 벗겨지자.

마침내 심장이 모습을 드러냈다.

"이런……."

누군가 침음을 삼켰다.

그도 그럴 것이 좌심실이 엄청나게 불어나 있었던 것이다. 뿐만 아니라 움직임도 정상적인 심장에 비해 현저히 느렸다.

두근, 두근…….

"인공심폐기 장착하겠습니다."

도수는 일단 대정맥과 대동맥을 찾았다. 심장의 구조는 케이스 별로 머릿속에 훤했기 때문에 혈관을 찾는 건 어렵지 않았다.

"빠르시네요."

강미소가 칭찬을 아끼지 않았다.

도수는 들은 체 만 체 카뉼레(Canuler: 주사관)를 대정맥과 대동맥에 꽂고 말했다.

"심폐기 가동해 주세요."

위이이이잉.

"클램프 걸고 심정지액 주입합니다."

고개를 끄덕인 강미소가 심정지액을 주입했다.

그러자 천천히 움직이던 심장이 서서히 멈췄다.

"긴장하세요."

도수는 야수처럼 눈을 치켜떴다. 여기까진 준비 과정. 본격적인 수술은 이제부터 시작이다.

"네……!"

의료진들이 대답하고.

도수가 말했다.

"칼."

턱!

동시에 그는 투시력을 발동했다.

샤아아아아아아.

머리가 핑 돈다.

딱 한 번.

이번 수술에서 투시력을 쓸 수 있는 그 한 번을 지금 쓴 것이다.

'시간이 없다.'

심장을 투시하자 변성 부위가 정확히 들어왔다. 도수는 변성된 범위를 머릿속에 그렸다. 그리고 그림처럼, 사진처럼 기억했다.

만약 변성된 부위를 잘못 절제하는 순간 환자는 다시 큰 위기에 빠질 터였다. 수술을 받지 않느니만 못한 상태가 되는 것이다.

스으으으으.

투시력의 범위가 점점 좁아졌다.

현미경과 투시력이 시너지를 일으켰을 때부터 '투시력의 범위를 컨트롤하는 것'이 가능해졌고, 지금 그 진가를 발휘하고 있었다.

"심장에 칼집 냅니다. 석션."

강미소가 호스를 가져다 댄 그 순간.

도수는 변성 부위를 통째로 잘라내지 않았다.

틱, 틱, 틱!

변성 부위 주변에 칼집을 냈다.

꿀렁꿀렁.

피가 흘렀다.

그 피를 강미소가 석션으로 빨아들였다.

치이이이익.

그녀는 할 일을 하면서도 눈알을 데굴데굴 굴리며 물을 수밖에 없었다.

"선생님, 지금 뭐 하시는……."

"기존 바티스타와는 달라요. 우린 수술 후 불안정한 예후를 안정적으로 보완할 겁니다."

바로 지금.

일반적인 바티스타 수술과 다른 길로 들어섰다.

도수가 발견해 낸 길이었다.

그간 무수히 홀로 걸어왔던 길.

이제 그 길을 공개할 때가 된 셈이다.

그는 투시력을 해제하며 말했다.

"현미경."

이하연이 현미경을 씌워주자 육안으로 보기 힘든 부분까지 시야가 확보됐다. 그렇게 모든 준비를 마친 도수가 덧붙였다.

"프롤린 투 제로(Proline 2—0: 봉합사의 얇기) 테이퍼 커팅 파이브 에잇(Taper Cuting 5/8: 봉합침의 굵기) 주세요."

그 말에.

의료진들이 일제히 당황했다.

특히 의료 도구를 건네주는 간호사 이하연은 더 당혹감에 빠졌다.

"네? 선생님, 무슨……."

"봉합부터 합니다."

"봉합이요?"

"시간 없어요."

"……!"

강미소, 김용찬 같은 의사들 눈치를 보는 이하연. 그러나 그 둘도 그녀와 같은 표정이었기에, 이하연은 도수에게 실과 바늘을 넘겨줄 수밖에 없었다.

그러자 봉합 도구를 넘겨받은 도수가 절제할 변성 조직을 타이 하기 시작했다.

슥, 스윽.

변성 조직이 당겨지며 좌심실이 줄어들고, 절제할 부위만 튀어나왔다.

"……!"

그들이 알고 있는 바티스타 수술과는 달랐다.

'무슨 생각이지? 왜…….'

누구 하나 선뜻 납득하기 어려웠다. 바티스타 수술에 대해 알고는 있었지만 직접 참여해 본 것은 최초. 손에 꼽히는 흉부외과 권위자들도 평생 한 번 해볼까 말까 한 수술이기 때문이다.

모두가 어리바리했지만 도수만은 달랐다. 그는 수도 없이 지금 이 상황을 이미지트레이닝 해왔다. 그렇기에, 갑작스러운 수술에 준비도 없이 참여하게 된 나머지 사람들의 허점을 혼자 메워야 했다.

슥, 스윽.

더 빠르게.

스윽……!

더 정교하게.

절제할 절제면을 순식간에 봉합한 도수가 피 묻은 장갑을 내밀었다.

"칼."

이하연은 서둘러 메스를 건넸다.

턱.

"심장절개 합니다. 피 나요."

눈으로 따라 잡기도 힘들 만큼 빠른 속도였다. 마음의 준비도 안 된 상태에서 모든 의료진이 오금을 저렸다.

그럼에도 도수는 카운트도 세지 않고 즉시 심장을 건드렸다.

틱!

멀쩡한 심장이 벌어지며 피가 넘쳤다.

"석션."

강미소가 움직였다.

시이이이이이익!

석션이 시작되자.

도수의 손이 한층 더 빨라지기 시작했다. 메스를 돌려주고 가위를 받아 절단면을 잘라냈다.

서걱, 서걱…….

다시 피가 올라왔다.

도수의 시선이 바이털 그래프로 향했다.

삑. 삑. 삑. 삑.

"혈압 떨어집니다."

마취가 전문의가 말하기 무섭게 도수가 덧붙였다.

"볼륨 늘려요."

심폐기 기사가 혈류의 순환 속도를 올리자 환자의 상태가 일시적으로 균형을 찾았다.

도수가 환자의 가슴속에서 손을 빼자, 변성된 조직이 딸려 나왔다.

"병리과에 가져다주시고."

김용찬에게 떠넘긴 도수가 말을 이었다.

"봉합합니다."

그야말로 일사천리.

순식간에 수술이 이루어지고 있었다.

그 무렵 도수 역시 새로운 경계 너머로 들어가고 있었다. 이전까진 투시력으로 보고 손이 움직였다. 그런데 지금은 보는 즉시 손이 반응하고 있었다. 순식간에 꿰맨 곳을 타고 다음 섹터를 꿰맨다.

슥, 스윽.

"컷."

툭!

"다시."

슥, 스윽.

"컷."

툭!

눈 깜짝할 새 심장의 절제면을 봉합한 도수가 바이털 그래프를 쳐다봤다.

삑. 삑. 삑. 삑

그리고 한마디.

"이제 확인합시다."

"……."

의료진들도, 심폐기 기사도 감히 뭔가를 물어볼 엄두도 못 냈다. 대응하고 대처하기에는 너무도 거침없는 속도로 상황이 벌어지고 있었기 때문이다. 그들은 마치 인형이 된 것처럼 딸려갈 수밖에 없었다.

"심장 깨워요."

강미소가 심정지액을 빼냈다.

도수의 신기(神技)로 인해 수술 시간이 단축된 덕분에 심장은 다시 제 역할을 되찾기 시작했다. 어느새 심장근육이 다시 수축과 이완을 반복하고 있는 것이다.

두근.

두근.

두근, 두근…….

"선생님!"

"환자, 심장 돌아왔습니다!"

수술실 안이 술렁였다.

바티스타 수술을 개량한 도수만의 심장 성형술이 사실상 성공한 셈.

이는 일반적인 바티스타 수술을 성공하는 것과는 전혀 다른 상황이었다.

상용화가 될 수 있을지 없을지는 수술 후 내부 콘퍼런스를 통해 회의를 하고, 대외적인 심사까지 거쳐야겠지만 시작이 반이라고 '새로운 수술'을 만드는 데 절반은 성공한 것이다.

하지만 도수는 지독히도 냉철했다.

"아직 수술 안 끝났습니다. 심폐기 정지."

"……."

숙연해지는 의료진들.

덩달아 머쓱해진 심폐기 기사가 심폐기를 껐다.

위이이이이잉…….

심폐기가 서서히 멈추고.

심폐기로 혈액을 전달시켜 주던 카뉼레를 뽑은 도수는 혈관을 봉합했다.

슥, 스윽.

순식간에 수술이 마무리됐다.

혈관을 봉합하고 정상 크기를 되찾은 심장을 응시하던 도수는 한마디로 수술 결과를 알렸다.

"수고했습니다."

"……!"

방금 한 소리 들은지라 누구 하나 소리 내서 기뻐하진 못했지만 참는 기색이 역력했다. 심지어 이 수술에 직접적으로 참여했던 강미소, 김용찬, 이하연은 얼굴색까지 붉어졌다.

조금 느슨하게, 천천히 환자 가슴을 닫은 도수는 빠득 이를 악물었다.

긴장이 탁 풀리면서 무리했던 피로감이 파도처럼 전신을 덮친 것이다.

아득해지는 의식. 손발에 힘이 일시에 쭉 빠져나가며 사지가 후들후들 떨렸지만.

도수는 억지로 버티며 고개를 들었다.

2층.

참관실은 물벼락을 맞은 듯 충격에 빠져 있었다.

제11장
소탐대실(小貪大失)

"말도 안 돼."

흉부외과 김한철 과장의 잇새로 새어 나온 한마디였다.

그에게 고개를 돌린 이사장이 빙그레 웃었다.

"옛 생각 나나 보군."

그 말은 비단 김한철 과장을 겨냥한 것이 아니었다. 환자 목숨과 직접적인 연관이 없는 타과 과장들도 자기도 모르게 주먹을 움켜쥐고 있었던 것이다.

그들은 도수의 수술을 보며 자기도 모르게 열정이 복받쳐 올랐다.

그 옛날, 처음 '의사가 되고 싶다'고 마음먹었던 시절. 현실에 부딪치고 세월의 풍파에 마모돼 초심이 퇴색되기 전처럼 말이다.

모두가 들으라는 듯, 이사장이 말했다.

"이렇게 치열한 수술을 얼마 만에 보는지 모르겠어. 센터장이 바티스타 수술 순서를 바꾸었지?"

질문은 김한철을 향해 있었다.

흉부외과 과장 김한철이 고개를 끄덕였다.

"그렇습니다. 바티스타 수술은 절제하고 봉합합니다. 그런데 이도수 센터장은 봉합하고 절제했어요."

"단순한 차이 같은데?"

"그렇진 않습니다."

김한철은 굳이 도수의 공을 덮지 않았다. 수술 전에야 '이도수'란 존재 자체가 마뜩잖았지만 수술이 끝난 지금, 그는 흉부외과 써전으로서 경외감을 느끼고 있었다.

"바티스타 수술은 수술 과정에 문제가 생기는 것보다 예후가 좋지 않은 경우가 태반입니다. 그런데 이렇게 봉합해 두고 시작하면 근육에 걸리는 부하를 줄여서 심 기능의 회복을 촉진할 수 있을 것 같습니다."

"'있을 것 같다'?"

"네. 이 수술을 해본 써전 자체가 몇 없기 때문에… 진짜 효과가 있는진 몇몇 환자의 예후를 지켜봐야 할 겁니다."

"전 있을 것 같은데요."

우진우였다.

김한철이 이전에 언급했던 흉부외과 에이스.

그는 굳이 감탄을 숨기지 않았다.

"현재 바티스타 수술에 대한 연구가 가장 활발한 곳은 일본입니다. 그쪽도 이런 생각은 못 했을 거예요."

이사장이 흡족하게 웃었다.

"자네들 말만 들어도 얼마나 대단한 건지 감이 오는구먼. 아베 타츠히로가 배 좀 아프겠어."

아베 타츠히로.

천하대병원과 자매결연이 되어 있는 병원의 병원장이었다.

이사장은 신경외과 과장 민정호에게 시선을 옮겼다.

"심장 성형술 전에 신경외과 수술을 했다고?"

"…예."

민정호는 자존심이 크게 상한 얼굴이었다. 그도 그럴 것이, 응급외상센터 인력이 신경외과 수술을 했으니 못마땅할 수밖에 없었다.

심장 쪽이야 중증 외상과 워낙 밀접했지만, 신경외과 수술은 연관되는 경우가 현저히 적었기 때문이다.

그는 정영록을 흘깃 쳐다봤다.

'이사장 손자 놈만 아니었어도.'

민정호가 그를 추궁하지 못하는 건 훌륭한 써전이라서가 아니었다. 이사장의 손주란 타이틀이 그의 입을 막았다.

물론 이사장은 정영록을 감쌀 생각이 추호도 없었다.

"콘퍼런스가 기대되는군."

도수가 바티스타 수술을 보완한 새로운 수술법을 만들어 낸 이상 원내 콘퍼런스는 불가피했다. 수술의 안정성까지 대외적으로 인정을 받게 되면 국제 콘퍼런스를 개최해야 할지도 몰랐다.

즐거운 상상에 빠진 이사장은 도수를 내려다봤다.

'내가 사람 보는 눈 하난 죽지 않았구먼.'

도수를 아로대병원에서 데려오기 위해 수락해야 했던 조건. 남들 모두 '무리'라고 했던 그 조건은 도수의 값어치에 비해 결코 비싼 값을 치른 게 아니었다. 아니, 오히려 세상에 하나뿐인 보석을 거저 얻은 기분마저 들었다.

* * *

잠시 정신을 차린 도수는 수술 장갑을 벗고 수술실을 나섰다.

자동문이 열렸을 때.

그는 전혀 예측하지 못한 상황과 맞닥뜨렸다.

웅성웅성.

열 명도 넘는 사람들이 그곳에 있었다.

도수가 자신이 방금 수술한 임옥순 여사의 신원을 알았더라면 기자가 없는 것만으로도 다행이란 생각을 했을 테지만, 어쨌든 그는 환자의 신원을 몰랐다.

'가족애가 대단한 집안인가?'

그렇게 치부할 따름이다.

그때, 한 중년 남자와 소녀가 나란히 다가왔다. 먼저 입을 뗀 건 중년 남자의 팔을 붙잡고 있는 소녀였다.

"안녕하세요."

차분한 목소리.

"수술은… 어떻게 됐나요?"

"관계가 어떻게 되십니까?"

도수의 물음에 그녀가 대답했다.

"손녀예요."

도수가 대답했다.

"수술은 잘됐습니다만 워낙 큰수술을 받으셔서 아직은 좀 더 두고 보셔야 합니다."

"아… 선생님, 인터넷 기사로 본 적 있어요."

아로대학병원 이사장을 고발하는 장면일 것이다.

그녀가 말을 이었다.

"응급실에서 근무하셨다고 봤는데요."

"네."

"흉부외과 수술도 직접 하시는 건가요?"

가족들은 임옥순의 수술이 어떻게 이루어진 것인지 전혀 모르고 있다. 내막을 알았다면 이렇게 근본적인 질문을 하진 않았을 테니까.

평소 같으면 지금 이 자리에서 설명해 주었겠지만, 도수는 컨디션이 최악이었다.

"그 부분은 이사장님께 직접 들으시는 게 좋겠습니다. 그럼 전 장시간 수술로 피곤해서 먼저 실례하겠습니다."

고개를 숙여 보인 도수가 그들을 지나쳐서 의국으로 향했다.

그 뒷모습을 보던 중년 남자는 눈살을 찌푸렸다.

"무례하구나. 자기 환자에 대한 책임감이 있는 의사라면 환자 보호자를 등지진 않을 텐데."

"사정이 있겠죠."

소녀는 초롱초롱한 눈을 떼며 말을 이었다.

"이사장님한테 가요, 아빠. 그분이 잘 설명해 주실 거예요."

중년 남자는 묵묵히 고개를 끄덕였다.

"그러자꾸나."

두 부녀(父女)는 도수에게 들은 결과를 외가 친척들한테 전하고 따로 이사장실로 향했다. 이들 중 오성그룹의 유일한 직계(直系)였기 때문에 누구도 막지 못했다.

이사장은 두 사람을 환대해 주었다.

"어서 오십시오."

그는 중년 남자를 정중하게 대했다. 오성그룹을 통째를 물려받을 후계자로 유력했기 때문이다. 그나마 소녀한테는 편하게 덧붙였다.

"오랜만이구나. 못 본 새 어엿한 아가씨가 됐어."

"안녕하세요."

소녀가 고개를 꾸벅 숙였다.

두 사람이 앉자 이사장이 맞은편 소파에 엉덩이를 붙였다.

"여사님이 각별하게 비밀을 요하셔서 어쩔 수가 없었습니다."

"이해합니다."

중년 남자가 말을 이었다.

"그보다 어떻게 된 건지 좀 설명해 주십시오. 요즘 떠들썩한 이도수 선생이 어머니 수술을 맡았던 것 같더군요. 직접 수술을 하고서 설명은 이사장님께 들으라고 하지 뭡니까?"

"하하하하, 양해해 주십시오. 어머님 수술이 워낙 큰수술이기도 했고, 그 직전에도 어머님 수술 못지않은 수술을 한 상태라 많이 힘들었을 겁니다."

"아니, 그럼 그렇게 힘든 상태에서 우리 어머니 수술을 한 거란 말씀이십니까? 오성병원에 있는 최고들도 고개를 내젓는 판에……."

중년 남자가 말끝을 흐리자.

이사장이 그를 달랬다.

"추후 결과를 보시면 아시겠지만 수술은 잘됐습니다. 그렇다고 오성병원 의사들이 실력이 부족한 건 아닙니다. 우리 병원을 포함해 세계적으로 봐도, 이번 수술을 할 수 있는 사람은 이도수 센터장뿐이었으니까요."

중년 남자와 소녀 모두 눈을 치켜떴다.

"지구상에 그분만 가능한 수술이 존재한단 말씀이십니까?"

"그렇습니다."

"그럴 리가……."

중년 남자는 선뜻 믿을 수 없었다.

하지만 소녀는 똑같이 놀라놓고도 차분했다.

"왜 그분만 가능하신 거예요?"

"그게……."

병원장은 바티스타 수술과, 이를 개량한 도수의 수술법에 대해 설명해 주었다.

맞은편의 두 사람은 단번에 납득하지 못했으나 그것이 '새로운 수술법'이란 것 정도는 이해할 수 있었다.

"…그럼 부작용은요? 더 악화될 가능성을 배제할 수 없는 것 아닌가요?

"그럴 확률은 미미하다는 게 흉부외과 입장입니다."

이사장은 중년 남자를 보며 말을 이었다.

"좀 지켜보시지요. 이도수 센터장을 비롯해 저희 모두가 최선을 다하고 있으니 여사님께선 건강을 되찾으실 수 있을 겁니다."

*　　　*　　　*

알람을 맞춰두고 두 시간 정도 눈을 붙인 도수는 의국을 나섰다.

수술 전과 수술 후, 응급외상센터의 분위기는 크게 달라져 있었다.

가장 달라진 건 도수를 보는 눈빛이다.

"센터장님, 축하드려요."

"축하드립니다."

동료 의사들, 간호사들 할 것 없이 모두가 도수에게 축하 인사를 건넸다. 어려운 수술을 성공적으로 마친 것에 대한 축하 외에도 응급외상센터의 일원으로서 자부심이 묻어났다.

"사람 놀라게 하는 건 여전하구나."

김광석 역시 사심 없는 말을 건넸다.

"나였다면 감당하지 못했을 거야."

천하대병원에 와서 응급외상센터장으로서 인정받은 일을 말하는 건지, 수술을 두고 하는 말인지 애매했다. 하지만 도수에게 그런 건 중요치 않았다.

"교수님이 나머지 수술들을 맡아주신 덕분입니다."

사실이었다.

천하대병원에 온 후로 도수보다 더 많은 수술을 한 김광석이다. 세간의 주목을 받을 만한 수술은 아니었지만 그 역시 굵직한 수술들로 사람을 살려냈다. 결코 도수보다 공이 가볍다 할 수 없는 것이다.

"할 일을 한 게지."

"저도 분발하죠."

살짝 웃은 도수가 고개를 숙여 보이고 뇌수술을 받은 은영이에게로 갔다.

그 자리에는 신경외과 과장 민정호, 정영록, 그리고 응급 상황에서 도수한테 한 소리 했던 간 큰 레지던트가 와 있었다.

도수가 신경외과 수술 사례를 통틀어도 찾기 힘든 고난이도 수술을 해내면서 은영이는 '수많은 환자 중 한 명'에서 '집중해야 할 환자'로 탈바꿈했던 것이다.

도수를 발견한 환자 보호자 두 사람이 고개를 숙였다.

"아이고, 선생님."

"선생님, 감사합니다. 감사합니다……!"

"아닙니다."

도수가 겸양하는 사이.

신경외과 인원들은 꿔다 놓은 보릿자루가 됐다. 상반된 환자 보호자들의 반응에 민망했는지, 민정호가 먼저 자리를 떴다.

"가지."

정영록이 레지던트의 어깨를 두드렸다.

"넌 다시 한번 체크하고."

그가 떠나자.

고개를 꾸벅 숙였던 레지던트가 얼굴을 들었다. 그의 눈길이 도수를 스쳐 은영이에게로 향하며 입가엔 미소가 스쳤다.

'뭐지?'

도수는 놓치지 않았다.

환자들 어깨너머로 또렷하게 본 것이다.

사람들은 이런 미소를 두고 '회심의 미소'라고 부른다.

도수의 경험상, 자신에게 악의를 가진 누군가가 저런 웃음을 짓는 직후에는 그리 달가운 일이 벌어지지 않는다.

'설마.'

예감이 발동했다.

결코 해선 안 될 생각이 머릿속을 스친 것이다.

해서 그는, 어차피 하려고 했던 일을 조금 서둘렀다.

샤아아아아아아.

투시력을 발휘하고.

은영이의 머리부터 발끝까지 면밀하게 살폈다.

한 차례 죽 훑었지만 특이한 점은 없었다.

'착각이었나?'

하지만 도수는 거기서 그치지 않았다. 전쟁터에서 배운 대로 돌다리도 두 번, 세 번 두드렸다.

샤아아아아아.

투시력이 강해졌다.

그런데, 지금까지와는 전혀 다른 광경이 눈에 들어왔다. 현미경을 착용해서 투시력에 시너지를 부여했을 때도 이렇진 않았다.

'이건…….'

두 차례의 거듭된 대수술 덕분인지, 투시 강도가 부분적으로 다르게 보였던 전과 달리 은영이의 전신이 투시력을 극대화시켰을 때처럼 보이고 있는 것이다.

그리고 그때.

보여선 안 될 투명한 약물이 혈류를 타고 이동하는 모습이 눈에 들어왔다.

"박상민 선생."

"…예."

상황 파악을 전혀 못 하는 레지던트가 억눌린 목소리로 대답했고.

도수가 말했다.

"나 좀 보지."

전처럼 존대하지 않았다.

박상민이 이를 악물든 말든 그따위 건 알 바가 아니었다.

도수는 스테이션에 서서 투약 기록을 확인한 뒤 간호사에게 한마디 던졌다.

"김은영 환자, 아미트리프틸린(Amitriptyline: 심환계 항우울제) 주세요."

"네, 선생님."

도수는 계단실 문을 열고 나갔다.

그리고 박상민이 뒤따라 들어오기 무섭게 홱 돌아서며 모가지를 움켜쥐었다.

콰악!

"컥!"

벽에 뒤통수를 찧을 만큼 밀려난 박상민이 공포심이 깃든 눈빛으로 도수를 바라보았다.

"케켁! 왜 이러시는……."

"몰라서 묻나?"

도수의 목소리가 차갑게 가라앉았다.

"난 아무런 오더도 내린 적이 없는데, 왜 환자한테 벤라팍신(Venlafaxine: 우울증 약)이 들어갔지?"

"……."

일순 부정하려던 박상민은 눈이 마주치자 입을 닫았다. 오리발을 내민 순간 정말 도수가 자신을 죽일 것 같다는 위화감을 느낀 것이다.

"인턴… 이 센터장으로 온 게 열받아서……."

"그래서?"

"실수로 위장하려고… 시, 실수였습니다. 하지만 같은 항우울제이기도 하고……."

외상도 외상이지만 당장 급한 건 수술받은 뇌 쪽이었다.

즉, 신경외과 병동으로 이관될 수 있다는 뜻이다.

이런 상황에 도수가 상의 한마디 없이 병원 내부 지침에 어긋나는 부적합한 항우울제를 처방한 것은 문제가 될 수 있었다.

하지만 도수가 열받은 건 자신이 곤경에 처할 뻔했기 때문이 아니었다.

"이……."

콰악!

그의 손에 힘이 들어갔다.

"커헉!"

"그렇다고 환자 목숨 갖고 장난쳐?"

아무리 생각해도 괘씸했지만 더 했다간 기절할지도 모르기에.

도수는 손을 뗐다.

"켁, 켁!"

눈물을 쏙 뺀 레지던트가 발악하듯 소리쳤다.

"씨발, 네가 뭐 그렇게 잘났는데? 막말로 네가 시스템 켜놓고 수술 들어간 게 실수 아닌가? 내가 환자 죽으라고 오더 낸 것도 아니고! 같은 항우울제 약 이름만 좀 바꾼 거로 사람을 밀치고 목 졸라? 이 사이코패스 새끼! 신경외과 소견 무시했다고 과장님한테 좆도 한 소리 듣고 끝났을 일을……!"

"멍청한 새끼."

"뭐?"

"벤라팍신이 어떤 부작용이 있지?"

"…뭐라고?"

그는 진짜 몰랐던 듯 눈을 치떴다. 그러더니 이내 입을 벌렸다.

"아, 아니 그런 게……."

도수는 말을 끝까지 들어주지 않고 주먹을 날렸다.

빠악!

콧등을 얻어맞은 레지던트는 뒤로 벌러덩 넘어졌다.

"끄아아아아아아아!"

코가 부러졌는지 코피가 줄줄 새고 있었다.

그가 처방한 벤라팍신.

도수가 처방한 아미트리프틸린과 같은 항우울제 같지만, 출혈 위험을 동반한다는 치명적인 부작용이 있었다.

싸늘하게 그를 내려다본 도수가 말했다.

"잘 들어. 네 코뼈야 시간 지나면 다시 붙겠지만 환자는 뇌출혈이 재발할 뻔했다. 이게 네가 한 짓이야."

"으으으으……."

"콘퍼런스에서 정식으로 문제 삼겠다."

그 말을 남긴 도수는 철문을 열고 계단실을 나왔다. 다 용서해도 그가 절대 용납 못 하는 일이 하나 있었다. 전쟁터에서 수도 없이 봐왔던 것. 알량한 감정싸움에 인명(人命)이 위협받는 일이다.

제12장
경고

신경외과 레지던트 박상민은 죽상을 하고 정영록을 찾아갔다.

"저, 교수님. 레지던트 1년 차 박상민입니다."

빌어먹을.

코맹맹이 소리가 났다.

"들어와."

연구실 문 뒤편에서 들려오는 차디찬 목소리. 박상민은 잔뜩 위축된 채 문을 열고 들어갔다.

철컥.

"……."

차마 고개를 들지 못하는 그.

그를 본 정영록이 미간을 찌푸렸다.

"얼굴이 왜 그래?"

"그게……."

말을 잇지 못하자 정영록이 추측한 바를 뱉었다.

"환자가 난동이라도 부렸나?"

"아닙니다. 그게 아니라, 이도수 선생이……."

"뭐?"

벌떡.

정영록이 몸을 일으켰다.

"이도수 선생이 뭐?"

"이, 이도수 선생이 폭력을 가했습니다."

"널 때렸다고?"

"…예."

정영록은 그를 유심히 살폈다.

코뼈는 부러져서 거즈로 지혈하고 있고, 목에도 붉은 손자국이 남아 있었다.

이 정도면 명백한 폭력 사건이다.

"내가 처리하지. 응급실은 불편할 테니 정형외과 가서 치료받아."

"교수님, 아무리 그래도 신경외과 자존심이……."

"맞은 놈이 왜 자존심을 따져? 어떻게든 알려야 수술 실력 믿고 물 흐리는 미친놈을 도려낼 것 아냐?"

"그, 그게……."

박상민은 눈치를 봤다.

일부러 투약 오더를 잘못 냈다는 사실을 밝힌다면.

이미 부러진 코뼈를 정영록에게 한 대 더 맞을지도 몰랐다.

그렇게 판단한 박상민은 위축된 채 말했다.

"아, 아닙니다."

"그래. 가봐."

"예."

고개를 꾸벅 숙여 보인 박상민이 나가고.

정영록은 열이 오른 채 성큼성큼 응급실로 내려갔다.

이도수는 김은영 환자의 동공반사를 확인하고 있었다.

"예후가 좋습니다."

보호자들이 눈물을 흘렸다.

"감사합니다, 선생님. 감사합니다……."

"그리고 말씀드릴 게 있습니다. 사건 전부터 따님이 복용하시던 항우울……."

"이도수 선생."

정영록이었다.

도수의 말을 끝까지 들었다면 나서지 않았을 지도 모르지만.

내막을 모르는 그는 눈에 불을 켠 채 도수에게 말했다.

"나 좀 보지."

한숨을 내쉰 도수가 보호자에게 말했다.

"다시 오겠습니다."

"그러세요, 바쁘시면 가보셔야죠."

"정말 감사합니다, 선생님……."

두 사람은 아직도 도수의 손을 놓지 않고 있었다.

방금 전에 사람을 쳤다고는 믿기지 않는 모습에 더 열이 뻗친 정영록은 꼴 보기 싫다는 듯 홱 몸을 돌려 엘리베이터로 갔다.

잠시 후 따라 나온 도수가 엘리베이터 타자, 정영록이 옥상을 찍었다.

위이이이잉.

엘리베이터가 올라가는 사이.

두 사람은 서로 한마디도 나누지 않았다.

그리고 옥상에 도착해서야 정영록이 담배에 불을 붙이고 입을 뗐다.

"우리 과 선생한테 손을 댔다고?"

피식 웃은 도수가 발음을 씹어 뱉었다.

"부끄러운 줄 아십시오."

"뭐?"

"그쪽네 선생이 무슨 짓을 했는진 알고 오신 겁니까?"

"그쪽?"

"제가 잠시 자리를 비운 사이 의도적으로 잘못된 오더를 냈습니다. 그 탓에 뇌출혈 수술을 한 환자한테 다시 한번 출혈이 생길 뻔했고요. 그랬다면 환자는 사망했겠죠."

정영록의 눈꺼풀이 파르르 떨렸다. 예기치 못한 상황에 너무 놀라고 화가 나서 제대로 확인도 하지 않고 찾아온 까닭이다. 하지만 그렇다 해도 할 말은 있었다.

"네 말이 사실이라고 치자. 그렇다고 타 과 레지던트한테 손을 대?"

"고개 숙여 미안하다고 싹싹 빌어도 모자랄 판국에 적반하장이구먼."

"뭐?"

"당신이 아랫사람 관리를 개떡같이 해서 내가 담당하고 있던 환자가 사망할 뻔했다. 사람이 죽을 뻔한 사건이야. 신경외과에서 내부적인 징계로 끝날 일이라고 생각하는 건가?"

"지금 나한테 반말을 하는 건가?"

"존대를 원했으면 당신도 존대를 썼어야지."

도수가 똑바로 쳐다보며 말을 이었다.

“난 응급외상센터 센터장이다. 당신은 평교수고. 아닌가?”

“…하!”

입에 물고 있던 담배를 퉤 뱉은 정영록이 한 걸음 다가서며 말했다.

“네놈이 들어오고 나서부터 일이 안 풀려. 열받는 일이 한두 개가 아니야. 지금까진 사촌이라서 봐줬지만 앞으론 아니다.”

“기대되는군.”

“우리 과 박상민 선생은 공정한 절차를 거쳐 중징계를 받게 될 거야. 그리고 넌 박상민 선생을 폭행한 혐의로 조사를 받을 거다.”

“할 얘기 끝났으면… 환자가 기다려서.”

도수가 미련 없이 몸을 돌리자 정영록이 참지 못하고 물었다.

“무슨 꿍꿍이지?”

도수가 고개만 돌리고 대답했다.

“그냥 좀… 그래도 같은 피가 섞였는데 어떻게 그렇게 머리가 안 돌아가나 해서.”

“무슨 뜻이지?”

“내가 어떤 방법으로 아로대병원에서 여기로 왔는지 조금만 생각해 봐도 알 수 있는 걸 왜 자꾸 묻지?”

"……!"

정영록은 뒤통수를 맞은 느낌이었다.

도수가 인턴이었음에도 이 병원에 응급외상센터장으로 올 수 있었던 이유는 두 가지.

언론을 이용했고.

로펌 '명인'이라는 병원 법무팀보다 강력한 패를 내민 덕분이다.

그만한 백을 가진 사람이 사람 한 대 쳤다고 나락으로 떨어진다?

있을 수 없는 일이었다.

"너……!"

"솔직히 마음 같아선 주먹 꺼낸 김에 당신도 한 대 패고 싶은데. 그럴 자신도 있고."

사이를 둔 도수가 말을 이었다.

"나야말로 사촌이니 봐줍니다. 아, 그리고 앞으로 센터장 직함 꼭 붙이고 존대해요."

그 순간.

생전 처음 겪는 모욕감에 부들부들 떨던 정영록이 도수의 멱살을 틀어쥐며 거세게 돌려세웠다.

투두둑!

가운 안에 입었던 티의 앞섶이 찢겨 나가며 그림 같은 가슴근육이 드러났다. 그리고 그 위에 새겨진, 자상이나 총알이 스쳐서 난 흉터들이 그대로 모습을 드러냈다.

"……!"

정영록이 흠칫했다. 그 역시 매일같이 끔찍한 흉터를 직접 새기기도, 보기도 하는 써전이었지만 환자가 아닌 도수의 몸에 새겨진 흉터를 본 느낌은 또 달랐다. 더욱이 자신이 멱살을 잡은 지금 같은 상황에선 분노를 뛰어넘는 위화감이 느껴진 것이다.

말문이 막힌 그를 향해 도수가 말했다.

"여기까지."

중얼거린 그는 가볍게 손등을 잡아 꺾었다.

콰악.

"윽……!"

정영록의 잇새로 고통스러운 신음이 새어 나왔다. 도수가 꺾은 방향으로 몸을 뒤트는 그.

그를 차가운 시선으로 내려다보던 도수가 말했다.

"폭력은 명분이 있을 때 쓰는 겁니다. 이렇게 아무 때나 쓰는 게 아니고."

"놔……! 놔! 이거 안 놔?"

도수는 들은 체도 하지 않고 말을 이었다.

"써전이 손을 함부로 놀려서야 쓰나."

"놓으라고!"

"…마음 같아선 영영 못 쓰게 만들고 싶지만, 한 번은 참겠습니다."

도수가 힘을 빼자.

타악!

손을 뿌리친 정영록은 얼굴이 벌게져서 외쳤다.

"이 새끼, 이거 완전 깡패 아니야!"

"이 정도로 억울하면 곤란한데."

"뭐?"

"박상민 선생 일은 콘퍼런스 때 정식으로 문제 삼을 겁니다. 그 사람이 환자 오더 갖고 장난친 건 병원 CCTV만 봐도 나올 테고, 난 피해자니 용의선상에서 제외되겠죠. 하지만 정영록 선생은 환자 수술실에 함께 들어갔던 데다 박상민 선생에게 지시를 내릴 수 있는 위치, 그리고 나와 대립점이었던 걸 감안해 조사 대상이 될 겁니다."

"……."

"그때 진짜 억울해하세요. 너무 억울하다고 오늘처럼 잘못 판단하면 그 손, 영영 못 쓰게 될 테니 명심하시고요."

그제야 몸을 돌린 도수는 옥상 문을 열고 안으로 들어가 버렸다.

뒤에 남겨진 정영록은 손가락 하나 까딱할 수 없었다. 처음 도수를 옥상으로 불러 올릴 때까지만 해도 상상하지 못했던 상황에 처한 것이다. 뿐만 아니라 태어나 가장 큰 모욕을 당했다. 늘 모욕을 주고 자존심을 짓밟던 사람은 자신이었는데, 이젠 상황이 뒤바뀐 것이다.

"이런 개같은……."

그는 담배를 피울 생각도 안 드는지 담뱃갑을 통째로 구기며 이를 바득바득 갈았다.

* * *

한편, 몰래 담배를 피우러 올라왔다가 옥상 한구석에 숨어 그 광경을 끝까지 지켜보게 된 나유하는 입을 딱 벌렸다.

"개멋져."

도수를 본 솔직한 심경이었다.

어렸을 때 몸이 약했던 탓에 유년기를 통째로 오성병원에서 보냈다.

그녀에게는 할아버지 병원이다.

어쨌든 그랬던 덕분에, 병원 생리에 대해선 대충 알고 있었다.

의사들의 자존심이 얼마나 센지도 충분히 안다.

그들 사회가 얼마나 고리타분한지도 뒤늦게 아버지가 재단

경영에 손대는 걸 보면서 어깨너머로 배웠다.

한데 도수는 그 질서와 규범을 당당하게 파괴하고 있었다.

"하긴… 보통 사람이라면 할머니 심장에 손댈 생각을 못하지."

오성그룹 안주인의 심장에 손을 대는 일이다.

잘 되면 어마어마한 영예를 얻겠지만 잘못되면 그 순간 엄청난 불이익이 뒤따를 수도 있었다.

물론 도수는 몰랐고, 알았어도 수술했겠지만. 그 사실조차 모르고 있는 나유하에게 도수는 '할머니 심장에 손을 댄 간 큰 의사', 그리고 '오성그룹에서 가장 유력한 후계자인 아버지 앞에서 고개 빳빳하게 들고 이사장한테 직접 설명 들으라'고 했던 간이 배 밖으로 나온 젊은 의사인 것이다.

"심지어 똑똑하기까지."

눈을 반짝인 나유하는 몰래 숨겨온 담배를 한 대 피우려던 불량 청소년에서, 담배 따윈 거들떠도 안 보는 요조숙녀로 돌아갔다. 실제로 한 모금도 안 피운 담배를 버리곤 도수를 쫓아갔다.

다행히, 도수는 아직 엘리베이터 앞에 서 있었다.

"저기."

나유하가 긴 머리카락을 귀 뒤로 넘기며 입을 열었다.

그러자 도수가 고개를 돌렸다.

"…임옥순 환자 손녀분."

"네."

고개를 끄덕인 나유하가 물었다.

"어디 가세요?"

"할머님 만나러 갑니다."

도수의 대답이 떨어지기 무섭게 나유하가 말했다.

"같이 가요."

도수는 말없이 고개를 돌렸다.

어색한 침묵이 흐르고.

띵!

엘리베이터가 도착하자 두 사람이 몸을 실었다.

그제서 나유하가 다시 입을 뗐다.

"왜 아무것도 안 물어보세요?"

도수가 그녀를 보고 되물었다.

"뭘 물어야 하죠?"

"제가 쭉 옥상에 있었다는 거 알잖아요."

당연하다.

맨 끝 층엔 옥상밖에 없었으니까.

"그랬겠죠."

"그럼 제가 다 들었는지 안 궁금해요?"

"들어도 상관없습니다."

“잘못한 게 없으니까?”

“네.”

도수는 뻔뻔해 보일 정도로 당찼다.

그 모습에 나유하는 입을 가리고 풋 웃음을 터뜨렸다.

“풉.”

도수가 미간을 찌푸렸다. 하지만 그는 아무 말도 하지 않았고, 이번에도 나유하가 먼저 말을 건넸다.

“싸움 잘하시나 봐요.”

뜬금없는 질문.

그녀가 나지막이 읊조렸다.

“전쟁터에서 오셨다니까…….”

“제가 전쟁한 건 아닌데.”

도망 다니기 바빴다.

물론 그 와중에 불가피하게 지지고 볶기도 했지만.

굳이 구구절절 설명하지 않았다.

그러자 나유하가 말했다.

“꼭 육탄전을 벌여야 싸움은 아니죠.”

“…….”

그건 그렇다.

전장의 한가운데에서.

도수도 환자를 치료하기 위해 싸웠으니까.

나유하는 층수가 바뀌는 LED 화면을 올려다보며 나지막이 덧붙였다.

"선생님은 죽음과 싸워서 우리 할머니를 살려주셨는데… 전 할머니로부터 벗어나기 위해 싸우거든요."

그녀가 뜻 모를 말을 남긴 그때.

엘리베이터가 VIP 병동이 있는 13층에 도착했다.

도수가 내리기 전에 나유하가 먼저 내렸다. 그녀는 방금 전 의미심장한 말을 했던 것과 달리 그를 뒤돌아보며 방긋 웃었다.

"가요. 할머니가 기다리세요."

제13장

노블레스 오블리주

천하대병원 VIP 병동은 호텔을 방불케 하는 시설을 갖추고 있었다.

안에 들어선 도수는 자기도 모르게 주위에 눈길을 주곤 임옥순 여사를 보았다.

"몸은 좀 어떠세요?"

"선생님 덕분에 가슴을 짓누르고 있던 돌덩이를 치운 느낌이에요. 뻐근한 통증은 있지만."

임옥순이 미소 지었다.

고개를 끄덕인 도수가 말했다.

"수술 후에 마취가 깨면서 느껴지는 통증입니다."

"그런 것 같네요."

"……."

도수가 은영에게 돌아가기 전에 임옥순 여사의 병실을 들른 것은, 어려운 부탁을 하기 위해서였다.

"실은 부탁드릴 게 있습니다."

"부탁이라… 생명을 연장해 준 은인 부탁인데 뭔들 못 들어드릴까."

"지금 중환자실이 부족한 상황입니다."

천하대병원은 국내에서 가장 큰 규모를 가진 병원이었다. 하지만 여느 대형 병원이 그렇듯 찾는 환자도 그만큼 많았다.

유명하고 유능한 의사들이 많기 때문이다.

그 때문에, 환자들은 진료를 받을 때도 한참을 기다려야 했다. 입원 치료 역시 다를 게 없었다. 번호표를 끊어야 하는 것이다.

천하대병원 입장에서도 병실이나 침대를 비워두는 자체가 손실이라고 생각했기에 언제나 병실을 빈틈없이 돌렸다.

여기서 문제는 응급외상센터가 재가동됐다는 점. 도수와 김광석이 부임한 뒤로 응급 외상 환자들이 몰려들기 시작했고, 그로 인해 딱 맞게 돌아가던 중환자실이 넘쳤다.

말하자면 준비가 안 된 상태에서 응급외상센터를 재가동시킨 것에 대한 부작용이었다. 그에 따라 은영이 같은 중환자가 안정적인 환경에서 치료받지 못하는 상황이 발생한 것이다.

하지만 이런 내부 사정을 잘 모르는 임옥순은 눈살을 찌푸렸다.

"그래서요?"

도수는 뜸 들이지 않고 말했다.

"오성병원으로 트랜스퍼해 주셨으면 합니다."

"병실을 비워달라?"

"네."

"기분이 묘한데. VIP 병동에 있는 날 쫓아내는 건가요? 나도 아직 회복이 다 안 됐는데."

"여사님은 트랜스퍼가 가능하지만, 중환자실 환자 중에는 트랜스퍼가 가능한 환자가 없습니다. 일반실에선 중환자를 케어할 수 없고요. 트랜스퍼가 안 되는 중환자를 언제까지 응급실에 둘 수도 없는 상황입니다."

"응급실에 있는 이상 보험 적용도 안 되겠죠."

"네."

"하지만 그건 여기도 마찬가지일 텐데요? 병실이 없어서 응급실에 누워 있는 환자가 VIP 병실이 보장 대상인 보험을 들었을 리도 없고."

"환자 사정을 말하고 이사장님께 재가를 받은 생각입니다."

"그건 선생님 일이 아니지 않나요?"

임옥순 여사의 표정이 미묘하게 변했다. 여전히 목소리는 온화했지만 속에 담긴 내용은 부드럽지 못했다.

"이사장님께는 내가 말씀드리죠. 이도수 선생이 정당한 금액을 지불하고 의료 서비스를 이용하는 내 권리를 침해하려 한다고. 환자 상태의 경중을 따져서 어느 한쪽만 편애를 한다고요."

"편애가 아닙니다."

"어째서죠."

"여사님이 이 환자와 같은 상황이셨더라도 전 똑같이 트랜스퍼가 가능한 환자에게 부탁을 했을 테니까요."

"선생님이 올바른 가치관을 가졌다고 해서 지금 저지르고 있는 부당한 요구가 정당해지는 건 아니죠."

도수는 고개를 끄덕였다.

"맞습니다. 그래서 부탁을 드리는 거고요."

그는 임옥순 여사의 눈을 피하지 않았다.

도수를 잠시 응시하던 임옥순이 다시 입을 열었다.

"내가 누군진 들었겠죠?"

"오성병원과 관계된 분이라고 알고 있습니다."

"난 오성그룹의 안주인이에요."

모르고 있었다면 당연히 놀라야 하는데.

도수는 담담했다.

"네."

"다른 나라에서 왔다더니 오성그룹이 어딘지 모르는 건가요?"

"그럴 리가요. 라크리마에 있을 때도 오성그룹이 보낸 구호품(救護品)을 봤는데요."

"그런데도 부탁을 철회하지 않는군요."

"끝끝내 거절하신다면 어쩔 수 없지만 제 부탁은 다른 대안이 생길 때까지 유효합니다."

도수는 꿋꿋했다.

"기분이 상한 내가 온 병원을 들쑤실 거라는 생각은 왜 못 하죠? 돈 많은 늙은이 추태는 하느님이 와도 못 막는 법인데."

대오성그룹의 안주인.

임옥순 여사의 협박을 듣고도 도수는 당황하거나 물러서지 않았다.

"병원이 뒤집혀도 사람이 죽어나가진 않지만, 환자는 목숨이 달렸습니다. 특히 제가 언급한 환자는 큰수술을 두 번이나 거쳤어요. 수술이 성공했다 하더라도 어떤 환경에서 치료를 받느냐에 따라 충분히 예후가 달라질 수 있습니다."

"환자 앞날은 그렇게 생각하는 사람이, 왜 본인 앞날은 걱정하지 않는 건지."

두 사람은 줄다리기하듯 팽팽한 시선을 주고받았다. 둘 중 어느 쪽도 한 치의 물러섬이 없었다.

그 모습을 지켜보던 나유하는 흥미진진한 표정이 되었다.

'병원 이사장들도 기를 못 펴는 할머니한테.'

도수는 조금도 위축되지 않고 있었다.

그리고 그 순간, 한참 동안 그 모습을 맞상대하던 임옥순이 두 눈을 반짝이며 빙그레 미소를 그렸다. 방금까지 기 싸움을 하던 사람치곤 어울리지 않는 얼굴이다. 뜻밖의 반응을 보인 그녀가 입을 열었다.

"혼자 두면 단명할 인사일세. 그래도……."

임옥순이 웃음기를 지우지 않고 말을 이었다.

"선생님 같은 의사가 많아야 할 텐데 말이에요. 나이를 먹다 보니 건강관리를 한다고 하는데도 병원과 친해져요. 점점 하나의 필수 코스가 되는 거지. 그렇게 의사들을 만나면 선생님 같은 느낌이 들어야 하는데, 다들 우리 족속 같은 느낌을 풍긴단 말이야. 의사가 아니라 장사치들 같아."

도수는 말을 듣는 순간 정영록이 떠올랐다. 하지만 그보다 더 큰 비중을 차지하고 있는 한 사람도 함께 생각이 났다.

바로 김광석이다.

"그렇지 않은 의사들도 많습니다."

그는 임옥순의 달라진 태도에 당황하지 않고 담담하게 말을 이었다.

“다시 한번 부탁드립니다.”

“그래요. 선생님 같은 의사가 많아야 한다고 말해놓고 병실을 양보 못 해주면 그것도 이상하지. 그리고 굳이 이사장님한테 허락 맡을 필요 없어요.”

“……?”

도수가 눈을 치뜨자.

임옥순이 말을 이었다.

“난 철저하게 이득을 좇는 사람이에요. 그중 상책은 나도 이득을 취하고 상대도 이득을 취해서 상부상조하는 거죠. 기왕 선행을 베풀 거 나한테도 득이 될 만큼 베풉시다. 환자 입원비는 내가 부담하겠어요.”

도수는 생각지도 못한 전개였다.

“…환자한텐 그렇게 전하겠습니다.”

고개를 끄덕인 임옥순이 뒤에 다소곳이 서 있는 나유하에게 손짓했다.

폭, 폭.

침대를 두드리자.

나유하가 그리 가서 앉았다.

“네, 할머니.”

김옥순이 그녀에게 말했다.

"씨앗을 많이 뿌려두면 그중 절반은 버리고 절반은 수확하게 마련이다. 인생이란 그런 거야. 결국 씨앗을 많이 가진 사람일수록 유리한 게임이지. 되도록 손해 볼 일은 하지 말되 남한테 호의를 베풀려거든 입으로 떠들지 않아도 모두가 다 알아챌 만큼 넉넉하게 베풀도록 하렴."

깡마른 손으로 머리를 쓰다듬는 임옥순.

나유하는 가면 같은 미소를 지으며 대답했다.

"네, 할머니."

반면 도수는 굳이 남의 가족사에 신경 쓰고 싶지 않았다. 임옥순의 동의를 받아 목적을 이뤘으니 이제 반대편 환자들에게 전달하면 그뿐이었다.

"더 하실 말씀 없으시면 전 이만 가보겠습니다."

빙그레 웃은 임옥순이 손녀에게 덧붙였다.

"…그리고 은혜는 반드시 갚아야 하고. 감사함을 잊지 말아야 한다. 그게 바로 사람 간에 의리를 지키는 길이거든."

그녀는 도수를 바라보며 말했다.

"이제 오성병원으로 가면 당분간 못 볼 테니 미리 얘기해 둘게요."

"……?"

"언제든 내게 원하는 게 생기거든 얘기해요. 나도 이 선생님이 필요한 게 뭐가 있을지 고민해 볼 테니."

도수는 그 말이 빈말이 아니란 걸 알 수 있었다. 도수가 아들을 구해준 '명인'이란 로펌의 대표가 그러했듯 그녀는 은혜를 잊지 않을 것이다.

해서 도수는 굳이 거부하지 않았다.

"알겠습니다."

*　　　*　　　*

도수는 그 길로 응급실에 가서 은영이와 보호자들을 만났다.

그가 소식을 전하자, 보호자들은 눈물을 흘렸다.

"선생님, 이렇게까지 우리 은영이를 신경 써주시고……."

"감사합니다… 정말 감사합니다……."

그들로선 도수가 구세주나 다름없었다. 그들 세상의 전부인 딸아이를 구해준 사람.

"오실 때마다 이렇게 기쁜 소식을 전해주시고… 이 은혜를 어떻게 다 갚아야 할지 모르겠습니다. 정말… 정말 감사합니다……."

도수는 맞잡은 손에 힘을 실으며 덤덤하게 대답했다.

"저는 할 일을 했을 뿐입니다. 수술이 잘 끝났다고 해도 큰 수술이었습니다. 환자에게도, 어머님, 아버님께도 앞으로가 힘든 싸움이 될 거예요. 흔들리지 말고 잘 이겨내셔야 합니다. 그렇게 이겨내다 보면… 반드시 화창한 날이 올 겁니다."

비가 쏟아지고 벼락이 꽂히는 먹구름 아래를 지나야 할 것이다.

하지만 살아만 있다면.

살아남기만 한다면.

시커먼 먹구름은 지나간다.

도수는 그 사실을 믿어 의심치 않았다. 부모님을 잃었을 때, 총알이 빗발치고 방금까지 대화를 나누던 사람이 육편이 돼서 터져 나갈 때. 정을 붙인 사람들이 하루가 멀다 하고 죽어 나자빠지고 그 자신 역시 언제 어떻게 될지 모르는 두려움 속에서 버텨낼 수 있었던 건, 해가 솟을 날이 있을 거라는 막연한 희망 덕분이었다.

그리고 그 결과 지금 그는 이곳에서 의사로서, 지옥에 막 발을 들인 사람들에게 이 길 끝에 천국이 있음을 안내해 주고 있는 것이다.

그 속내까지 알아듣진 못했을지언정.

은영이의 부모님은 그 마음만은 전달받았다.

"감사합니다, 선생님… 은영이도, 저희도 평생 감사하며 살 거예요. 감사합니다."

"그분… 저희한테 병실을 양보해 준 분한테도 감사를 드려야 할 것 같은데… 혹시 어디 계신지 알 수 있을까요? 그래도 찾아뵙고 말씀드리는 게 도리인 것 같아서요."

"13층 VIP 병실입니다. 이곳에 계신 게 알려지면 안 되는 분이라 만나주실 지는 모르겠습니다."

도수의 말에 보호자들이 고개를 주억거렸다.

"그래도 가봐야지요. 정말 노블레스 오블리주를 몸소 실천하시는 분 같은데… 저희가 뭘 해드릴 게 있을진 몰라도 찾아가서 감사 인사를 드리는 게 사람 된 도리이지요……."

도수는 말없이 은영이를 응시했다. 이제 환자의 치료를 위해 할 수 있는 일은 다 했으니, 남은 건 환자 본인의 회복력이었다.

'그보다…….'

환자 보호자들이 알아야 하는 사실이 하나 더 있었다.

얼마 전 신경외과 레지던트가 고의로 자행한 투약 사건.

만약 이 일이 새 나갔다면 병원뿐만 아니라 의사 사회, 어쩌면 이사장까지 도수의 입을 막으려 설득했겠지만, 도수의 입장은 달랐다.

환자 보호자들은 환자에 관해 사소한 것까지 알 권리가 있기 때문이다.

그 권리는 누구도 침해할 수 없다.

의사라면 더더욱 바로 알려야 할 의무가 있었다.

고개를 돌린 도수는 푸석한 환자들의 얼굴을 보며 입을 열었다.

"두 분께서 아셔야 할 게 있습니다."

*　　　*　　　*

다음 날.

도수는 지난 두 번의 대수술에 대한 원내 콘퍼런스 자료를 준비했다.

이 정도는 강미소나 이시원에게 부탁해도 되는 부분이었지만 그는 직접 했다.

아니, 직접 할 수밖에 없었다.

임옥순 여사의 심장 성형술은 기존 바티스타 수술을 변형해 만든 새로운 방식의 수술법이었고, 은영이의 뇌수술 역시 일반적인 써전이 할 수 없는 술식으로 진행했기 때문이다.

도수는 일곱 시간이 조금 넘는 시간을 쏟아부어 자료를 완성했고, 다음 날이 되자 조수 강미소를 대동한 채 콘퍼런스를 열기로 한 대회의실로 갔다.

대회의실에 들어서기 무섭게 강미소가 말했다.

"후, 떨리네요."

"왜요?"

"천하대병원이잖아요. 아로대랑은 폼(Form)이나 발표 방식도 다를 텐데."

"김용찬 선생한테 물어봐서 참고했습니다."

"역시……!"

강미소는 엄지를 추켜세우고 덧붙였다.

"빈틈없으시긴."

"…수술 내용에 대한 발표도 발표지만, 오늘 콘퍼런스에 목적이 하나 더 있습니다."

도수가 입을 뗐다.

"신경외과 레지던트 한 명이 징계를 받게 될 거예요."

"에? 무슨 일 있었어요?"

"네."

그는 도둑 투약 사건 이후 그에 관한 내용을 일언반구 입에 담지 않아왔다. 그리고 지금 역시 구체적인 설명을 보류했다.

"어차피 곧 알게 될 테니 묻진 마시고."

"어차피 안 알려줄 거 알아서 물을 생각도 없었거든요."

"그건 그렇고, 이 일로 신경외과 헤드부터 당사자까지 책임을 피할 수 없을 겁니다."

"…그 정도 사이즈예요?"

"네."

강미소는 후, 한숨을 내쉬었다.

"정말 센터장님이 가는 길에는 사건 사고가 끊이질 않네요.

가시밭길이에요, 가시밭길."

"우리가 했던 선서가 맞는 지도라면. 지도를 따라가는데도 자꾸 가시밭길을 만난다는 건, 그 지도가 사실은 잘못된 지도거나……."

"지도거나?"

"많은 사람이 오가면서 그 길이 원형을 잃은 거겠죠."

강미소는 고개를 주억거렸다.

"그런 것 같아요."

그 순간.

대회의실 문이 열리며 의사 가운을 입은 의사들이 파도 포말처럼 우르르 밀려 들어왔다.

그 선두에는 이사장.

그리고 도수가 생각지도 못했던 한 사람이 서 있었다.

『레저렉션』 4권에 계속…

밥도둑
약선요리王왕
가프 현대 판타지 소설
MODERN FANTASTIC STORY